U0552850

林 中 的

THE STRANGER IN THE WOODS

陌 生 人

最后一位隐士

The
Extraordinary
Story Of
The Last
True Hermit

〔美〕迈克·芬克尔 著

匪石 译

人民文学出版社
PEOPLE'S LITERATURE PUBLISHING HOUSE

著作权合同登记号　图字 01-2018-2188

图书在版编目(CIP)数据

林中的陌生人：最后一位隐士/(美)迈克·芬克尔著；
匪石译. —北京：人民文学出版社，2018
ISBN 978-7-02-014223-1

Ⅰ. ①林…　Ⅱ. ①迈…　②匪…　Ⅲ. ①纪实文学-美
国-现代　Ⅳ. ①I712.55

中国版本图书馆 CIP 数据核字(2018)第 087635 号

责任编辑　朱卫净　何炜宏　邰莉莉
装帧设计　钱　珺

出版发行　人民文学出版社
社　　址　北京市朝内大街 166 号
邮　　编　100705
网　　址　http://www.rw-cn.com

印　　刷　上海盛通时代印刷有限公司
经　　销　全国新华书店等

字　　数　100 千字
开　　本　850×1168 毫米　1/32
印　　张　7.25
版　　次　2019 年 8 月北京第 1 版
印　　次　2019 年 8 月第 1 次印刷

书　　号　978-7-02-014223-1
定　　价　42.00 元

如有印装质量问题，请与本社图书销售中心调换。电话：010-65233595

纪念　艾琳·米尔娜·贝克·芬克尔

这世上有多少东西是我不想要的。

——苏格拉底，约公元前 425 年

1

在隐士的居住地，大部分的树木都形容枯瘦，彼此交缠着笼罩在一块块巨石之上，而枯死的树木则像游戏棒一般横七竖八地倒了一地。无路可循。在这里找路，几乎对所有人来说都是在遭罪，树枝不断地劈面抽来，耳边持续响起噼啪的断裂声。夜幕降临，这里似乎密不透光。

这正是隐士出动的时刻。他一直等到午夜来临，才扛上背包和破门用的工具包从营地出发。出发前将一支微型手电用链子套在脖子上，但此刻还无需用到它。他对这里的每一步路都烂熟于心。

他谨慎而优雅地穿行在树林里，左闪右避，大步流星，几乎没有碰掉一根小树枝。地面上有成堆的积雪，它们被太阳晒得凹陷了进去，变了颜色，另外还有一块块结冻的泥土——这是缅因州中部的春季——但他避开了所有这一切。从一块岩石跳到一条树根，再到另一块岩石，身后没有留下一个脚印。

也许一个脚印，就足以出卖他的行踪，隐士担心。藏匿行踪有如履薄冰，一个疏忽，就会前功尽弃。如果真的当回事，一个靴印也不可以留下，一次都不允许。太冒险了。因此他像幽灵一般悄无声息地行进在铁杉树、枫树、白桦树和榆树中间，直至来到一个冰封的池塘前，池塘的四周布满了石块。

这个池塘是有名字的，叫小池塘，常被称作小北塘，但隐士不知道。他将这个世界精简到了他所认为的基本程度，名字恰如其分，但并非意味着必不可少。他熟知季节更替，乃至每个节气的细微变化。他也了解月亮的阴晴圆缺，今晚的这一弯银钩，正处于月亏阶段。通常他要等到新月成形的那天才出动——天色越黑越好——但他实在是饥饿难捱。他有分钟和小时的概念，随身佩戴一个装有发条的旧手表，以确保有足够的时间赶在天明前返回。但不经过计算，他至少不清楚当前的年份和年代。

他打算穿越冰冻的水面，但很快改变了计划。天气已变得相当暖和，有时候气温已在冰点之上——他了解气温——他躲在营地的那段时间，天气已经在跟他作对。坚冰是无痕潜行的天赐良物，但质感松软的冰面会印刻下每个足印。

所以得绕远路，于是他折回树林，仍然沿着树根和岩石行走。他熟知这整个绵延数英里如同玩"跳房子"般的行进路线，环绕小北塘，一直通向池塘的最远端。沿途经过十几个小木屋，都是些未经油漆的简易度假屋，此刻因为是旅游淡季，都门窗紧闭。其中的很多家他都曾进去过，但现在不是时候。他持续走了近一个小时，始终力图避免留下脚印或碰到树枝。一些树根被他踩踏得过于频繁，表面已被磨损平滑。但即便知道这一点，也没有哪个跟踪者能找到他。

目的地一出现，他就停下了脚步。松树营。这个营地现在还没开放，但维护期临近，他们也许会在厨房留下些食物，或者还有上一季吃剩下的食物。他从树林的阴影处，观察着松树营里的建筑物，目光扫视过宿舍区、工具间、健身房和餐厅。没有人。跟平常一样，停车场里停着几辆车。但是，他仍然等着。再怎么谨慎都不为过。

最终，他准备就绪了。动态监测探照灯和摄像头分布在松树营的地面上，安装这些主要是为了防备他，却都成了笑话。这些设备的监控范围是固定的——了解清楚后，避开就是了。隐士在营地里穿梭，然后在一块石头跟前停了下来，翻转石头，抓起藏在石头底下的钥匙，揣入口袋备用。然后他爬坡来到了停车场，试着拉动每辆车的车门。一辆福特牌小卡车的门开了。他点亮微型手电，向内窥探。

糖果！什么时候都用得着。十卷巧克力豆插在杯架里。他把它们塞进另一个口袋。同时也拿走一件已经拆封的雨衣，一块银色的亚梅生牌指针式电子手表。这不是一块价格昂贵的手表——如果它看上去价值不菲，隐士是不会偷的。他有道德准则。但拥有几块备用手表很重要；住在冰天雪地的野外，损耗是不可避免的。

他又避过几个移动摄像头后，来到了餐厅的后门。在这里，放下装有破门工具的帆布健身包，打开拉链。里面有两把油灰刀、一把刮铲、一套赖瑟曼牌多用工具、几柄一字长螺丝刀、三个备用手电以及其他物件。他了解这样的门——摆弄几下，就已经有了刮痕和凹陷——然后他挑了一把螺丝刀，把它塞进把手附近的门缝里。一记娴熟的转动，门就弹开了，他悄悄溜了进去。

手电打开着，被他衔在嘴里。此刻他来在了营地的大厨房内，手电光扫过满满一架子闲置的不锈钢长柄勺。向右转，走五步，来到食品储藏室。他放下背包，扫视着眼前的金属货架。抓了两罐咖啡，扔进背包。又拿了些意大利饺子、一袋棉花糖、一支营养早餐棒和一袋汉普蒂·邓普蒂牌薯片。

但他真正渴望的东西在厨房的另一头，现在他正朝那个方向走去，掏出刚才在石头底下拿到的钥匙，把它塞进走入式冷冻库的门把手里。这个钥匙套在一个塑料钥匙链上，链子上是四个叶片的三叶草，但其中一个叶片已经破损。也许三个半叶片的三叶草仍能带来好运。他转动门把手，进入冷冻库里面后，瞬间感觉今夜的整场行动，以及一切一切的谨小慎微，全都得到了报偿。

他实在是饿得慌，几乎被逼到了饥饿的边缘。在他住的帐篷里，可以吃的东西就剩几包饼干、一些咖啡粉和几包糖精。就只有这些了。假如他再等得久一点，就得冒因身体太过虚弱而无法走出帐篷的风险。他把手电筒光打在一盒盒的汉堡肉馅、大块大块的奶酪、一包包的香肠和一袋袋的火腿肉上。他的心在雀跃，胃在欢呼，他开始席卷这些食物，把它们统统装进背包；北欧式的自助冷餐。

2

　　妻子把特里·休斯给推醒了，听到警报声，他犹如弹簧一般起身跳下床，游戏开始了。他迅速检查了监视器，然后冲到楼下，一切都各就各位：枪、手电筒、手机、手铐和运动鞋。执勤腰带。执勤腰带去了哪里？时间紧迫，顾不上腰带了，他跳进卡车，立刻出发。

　　右转进入橡树岭，然后左转开半英里，加速来到通往松树营的长车道。车灯都灭了，但卡车仍然发出噪声，因此他刹车跳下。步行前进，虽然身手不如从前敏捷，仍竭尽全力急速前行。没有执勤腰带，意味着所有装备得靠两只手来拿。

即便如此，他还是全速奔向餐厅。越过石头，避过树木，弓身大步来到一个外窗跟前。心脏搏动如蜂鸟拍翅一样快，从下床到来到窗前，他仅用了四分钟时间。

休斯吸了口气。小心地抬起头，透过窗子，向内偷看，就着松树营厨房内的晦暗光线极目张望。他看见：有人在用手电，微弱的光束从被打开的走入式冷冻库里射出。这么多年了，真的会是他么？一定是。休斯还穿着睡裤，他拍了拍塑腰带上的悬挂式手枪皮套，确认一下——是的，武器在那里，一把小型格洛克 .357，子弹已上膛，没上保险。

光束变亮了，休斯一阵紧张，从冷冻库里出来一个男人，用力拖着一个背包。他的样子跟休斯想象的很不一样，这个男人高大得多。他比自己想象得要干净，最近刚刮过脸。戴着宽大的书生气眼镜，和羊毛滑雪帽；漫步在厨房内，看上去无忧无虑，好似在食品杂货店里挑选商品。

休斯允许内心闪过一丝满足感。休斯警官清楚地知道，这是少有的执法良机。他在缅因州做狩猎监督官已有十八个年头，此前近十年时间里，他服役于美国海军。一次次无功而返，然后写报告归档，真可以为这份苦差事给他颁发一个博士学位了。但灵光有乍现之时，百折千挠中获得的智慧终于有了回报。

几星期前，休斯决心终结隐士对他所辖之地的支配。他知道，常规的警戒手段一样也不管用。断断续续，持续了近四分之一个世纪的调查，包括足迹搜寻、低空排查、指纹提取，分别由四个不同的执法机构开展实施——两个县级警察局、州警察局以及狩猎监督局——却连这个隐士的姓名也没能查出。因此，休斯咨询了高科技监视领域的专家，并和一些私家侦探进行探讨，也和军中的朋友聊过此事，他们得出的结论没有一个对路。

他给朗吉力边境巡逻队的几个熟人打了电话，那里靠近缅因州-魁北克国境线。其中一个刚刚参加完训练营回来，培训内容是关于引进最新的国土安全设备——这些设备能够更好地追踪试图偷越国境之人。休斯被告知，这是一种严密的监视技术，精准程度大大超越了狩猎监督官的职责所需。这技术听上去相当完美。休斯发誓对详情保密，于是很快三个边界巡逻特工来到了松树营厨房周围。

他们将一个探头藏在制冰机后，另一个藏在果汁机上。数据接收器被安装在休斯家里，即楼梯的顶部，那样每个房间都能听到警报声。休斯努力地学习这个系统，直至操作仪器有如出自本能反应。

这还不够。要诱捕隐士，一丝一毫都马虎不得。向目标靠近时，一声意外响动，或一不小心手电筒走光，整个计划或许就泡汤了。他熟记探照灯的运动规律，选取最佳弃车位置，然后演练了从家到营地的每一步行动。每次练习奔跑都进步神速。他养成了晚上摆好所有装备的习惯；遗漏执勤腰带，只能证明他是人，不是神。然后，他等待。这一等就是两周。警报声——最初是他妻子金姆听见的；凌晨一点刚过，警报声就响了。

所有这些努力，加上运气，才成就了此刻这完美的执法时机。休斯透过窗户监视，此时窃贼正在有条不紊地把物品装入背包。没有灰色地带，不是旁证。抓他个现行，而且就在松树营。松树营是一个为有生理发育障碍的儿童和成人提供特殊服务的非盈利组织，靠捐赠营运。休斯是这里的长期志愿者。有时候他和营地成员在小北塘钓鱼，抓鲈鱼和石首鱼。到底是什么样的人一次又一次闯入为残疾人设立的营地呢？

休斯低着头，慢慢撤离大楼，然后悄悄打了个电话。狩猎监督官通常不经办入室盗窃案，他们主要是和非法打猎者及徒步迷路的人打交道，一切的努力主要出于业余爱好。他请缅因州警察局调度室通知州警官黛安娜·万斯，万斯一直在追捕这个隐士。他们一直以来都是同事，同一年从各自的学院毕业后，断断续续共事了二十年。他是想让万斯来实施逮捕，并负责后续的书面报告。他回到窗口，继续实施警戒。

休斯监视时，这个男人正用力抓住背包，把它扛到肩上。他离开厨房，不见了，然后出现在空旷的大餐厅里，朝一个出口走去，休斯推测这不是那扇被他撬开的门。本能地，休斯绕到了大楼一侧那个男人可能会现身的出口。这扇朝外的门和松树营餐厅所有的门一样被漆成了樱红色，四周镶了绿色的木门框。休斯没有帮手，在这深更半夜，马上要和一个潜在的暴力分子正面相遇，刹那间思绪混乱，做这样一个决断，真叫人忧心忡忡。

但无论会发生什么，他都做好了思想准备，从贴身肉搏至开枪射击。休斯今年四十四岁，但仍和小年轻一样强壮，留着海军陆战队员的锅盖头，长着个棱角分明的下巴。他在缅因州刑事司法学院教授贴身防卫术。他不可能袖手旁观，放走入侵者。终止重大犯罪的良机就在眼前，这个想法战胜了所有的顾虑。

休斯心想，这个窃贼可能是退伍老兵，很可能有武器。也许这家伙的搏斗能力和他的丛林技巧一样精湛。休斯一动不动地站在樱红色的大门旁，左手拿着手电筒，右手握着格洛克手枪，背部紧紧贴着建筑物的墙面。他等着，同时脑袋里飞速闪过若干应急方案，直至他听见一记轻微的门锁声，看见门把手在转动。

窃贼走出了餐厅，休斯抬起手电，径直照在男人的眼睛上，将手枪瞄准他的鼻尖，两臂伸直，枪在上，手电在下，他稳住了手里的枪。此刻两个男人间的距离也许不到两米，因此休斯迅速向后退了几尺——他不想让这个男人扑向他——同时嘴里恶狠狠地咆哮着几个字："趴地上！趴地上！趴地上！"

3

黛安娜·万斯摸黑驱车前往松树营，心里只想着特里·休斯处境危险。他没有后援，正在追捕一个来无影去无踪的家伙。她很确定，等她赶到那里，那家伙已经不在了，或者情况更糟。他可能有一把枪；也许会开枪，所以她特意穿了件防弹背心。休斯没有，她知道休斯没穿防弹衣。

万斯驾车驶入松树营车道，道旁停着缅因州狩猎监督局的那辆深绿色卡车，但她未做停留直奔餐厅驶去。半个人影都没有。她走出巡逻车，四下警戒，大声喊道："休斯警官？休斯警官？"

"我十点四十六了！"某处传来他的回答——这是缅因州

警察表示疑犯已被扣押的暗号——万斯立刻感到一阵轻松。在大楼的一角，她看见一堆散落的食物，还有一个男人伏在地上，两条胳膊放在背后。面对休斯，这个贼惊慌失措，乖乖地向冰冷的水泥地趴下身去。他并没有被完全扣押。这个男人穿着厚厚的冬装夹克，那两个袖子使得休斯很难将手铐铐严实。万斯冲上前去，用自己的手铐将疑犯铐上。现在他是真正的"十点四十六"了。

两位警官先让这个男人坐起，然后帮助他站起身。将他口袋里的东西全部掏了出来——一堆巧克力豆、一块亚梅生牌手表和一个三叶草钥匙扣——接着在他的背包和健身包里搜寻武器。他可能是个投弹者、恐怖分子或杀人凶手；两个警官心里没谱，但他们只找到一套赖瑟曼牌多用工具。这套工具是有铭刻的，上面有"纪念松树营千禧年跨年夜"的字样。距今十三年了。

这个男人听从警官的指令，但不回答问题，同时回避眼神接触。警官搜了个遍，也没能确定此人的身份。他身上确实有个钱包，迷彩花纹配尼龙搭扣，但里面只有一沓现金。这些钱明显很旧，而且有些已经发霉了。

时间很晚了，凌晨两点，但休斯仍给松树营设备主管哈维·切斯利打了电话，后者说他马上赶过来。休斯有把万能钥匙，这使得他能够进入餐厅。切斯利在给他钥匙的同时，也给了他许诺；只要能抓住隐士，什么方便都可以给。他开门进去，打开灯，然后和万斯押着疑犯回到他刚刚行窃的地方。

餐厅如巨穴一般大，有回声，拱形天花板由巨大的云杉橡木搭建而成，地上铺着蓝色油毡。正值淡季，所有的桌子和椅子都靠墙堆放。大厅内有一面墙朝向池塘，墙上有排窗子，但夜色中什么也看不见。休斯和万斯将一把金属框架配栗色塑料坐面的椅子拖到房间中央，让嫌犯坐下，嫌犯的双手仍被反铐在背后。

两位警官将一张折叠桌推到他面前，接着万斯也坐了下来，而休斯仍然站着。这个男人依然一声不吭，脸上漠无表情，显得很平静。这让人感到不安；一个刚刚被突袭逮捕的人不应如此沉默和被动。休斯怀疑他是否精神正常。

这男人穿着新款的蓝色牛仔裤，哥伦比亚牌夹克下面是一件带兜帽的灰色运动衫，脚上是一双结实的工作靴，就好像他刚刚在大厦里购物过。他的背包是里昂比恩牌的。唯有他那副眼镜，配有厚实的塑料框架，看上去过时了。他浑身上下一尘不染，只不过下巴上有层隐隐的胡子茬。没有特别的体味。头发稀薄，但修剪得整整齐齐，且大部分被羊毛帽覆盖。他的皮肤苍白得出奇，手腕上有几块疤痕。身高六英尺多一点，肩膀很宽，体重约一百八十磅。

万斯和许多追踪隐士的警官一样，总怀疑有关隐士的传说大部分是虚构，现在她更加肯定了。这个人不可能是从林子里钻出来的。他在某处有个家，或者在旅馆有间房，是刚刚来这一带入室行窃的。

营地的设备主管切斯利很快到了，来的还有营地维护员，接着又来了一个狩猎监督官。切斯利很快认出了警官从嫌犯口袋里搜出的手表。这是他儿子艾利克斯遗忘在他的卡车里的，而卡车就停在松树营的停车场。虽然这块表不值什么钱，但颇具情感价值；它是艾利克斯从祖父那里得来的礼物。与此同时，嫌犯手腕上的那块表被维护员史蒂夫·特雷德韦尔认领了，这是沙皮高级纸业公司赠给他的，纪念他在斯考希根工厂工作的第二十五个年头。

房间里一片骚动，嫌犯开始失去镇定。他仍坐着，一言不发，但很快显得神情痛苦，他的双臂在发抖。于是休斯有了个主意。之前他与这个男人发生过令人不快的危险对峙，没准万斯可以营造出一个相对轻松点儿的氛围。于是休斯带着所有男人经一扇旋转门进入厨房，留下万斯单独面对疑犯。

有一小会儿，万斯故意不作声，让气氛平静下来。十八年来，她好奇而又困惑，整个警察生涯都在跟踪这个案子。她调整了手铐的方向，让这个男人可以将手臂放到身体前面，坐得更舒服些。休斯带了几瓶水和一盘饼干过来，又退回到厨房。万斯将手铐完全除去。这个男人喝了些水。他已被扣押一个半小时了。也许意识到这次是不可能逃脱了。万斯平静而缓慢地向他宣读了他的权利，他有权保持沉默，然后问他姓名。

"我叫克里斯多夫·托马斯·奈特。"隐士说。

4

“出生日期？”

“一九六五年十二月七日。”从他的嘴里出来的声音，结结巴巴，不甚利索，犹如一台破旧的发动机铆足了劲想要转动起来。每个音节都是噪声，但是至少他的话被人听懂了；万斯草草地做着记录。

“年龄？”

这个男人又沉默了。名字和出生年月是不可磨灭的记忆残片，驻扎在他脑海里。尽管你想要遗忘，但显然不可能遗忘一切。年龄，显然，对他而言那是可以被丢弃的，所以他开始做算术题，张开了手指帮忙计数。好吧，但今年是哪一年呢？万斯和他共同完成了这道算术题。现在是二〇一三年四月四日，星期四。克里斯多夫·奈特今年四十七岁。

"住址？"万斯问。

"没有。"奈特回答。

"你的信寄到哪里？"

"没有信。"

"你的纳税申报单上填的是什么地址？"

"没有纳税申报单。"

"你的残疾人保障支票寄往哪里？"

"没有支票。"

"你的车在哪里？"

"没有车。"

"你和谁一起住？"

"没人。"

"你住在哪里？"

"林子里。"

万斯知道现在不宜和他争论上述供词是否属实，最好还是让这个男人继续说下去。"多久？"她问，"住在林子里？"

"几十年。"他说。

万斯想要更确切的数字。"从哪一年起？"她追问道。

又一次碰上年数了。既然他已决定开口说话，那么准确地说出事实很重要，其他一切都是废话。他看向窗外，外边仍然一片漆黑。他凝神思索了一会儿，他记起了某事。

"哪一年，"他问，"切尔诺贝利核电站发生大灾难？"

话刚出口，他就后悔了。这位警官会认为他是某个环保斗士，而他只是碰巧回忆起了这一新闻事件而已。要组织起恰当的语言来澄清这一切，看上去没有可能，就随它去吧。万斯在手机上查询：切尔诺贝利核泄漏事故发生在一九八六年。

"那就是我去林子的那年。"奈特说。二十七年前——他刚从中学毕业不久，而现在他是个中年男人了。他说这些年他住在一个帐篷里。

"哪里？"万斯问。

"林子里某个地方，离这里有段距离。"奈特说。他从来不知道他后院池塘的名字，自然也不知道他所在的镇：缅因州，罗马镇；人口数一千零十。但他能够回忆出他所在的那片林子里每种树的名字，很多情况下他能描述出每种树枝的形态。

"冬天你待在哪里？"万斯问。

待在他的小尼龙帐篷里，他坚持说在每一个冬天，他没有生过一次火。烟雾会暴露他的营地。每到秋天，他就在营地囤积食物，然后一连五六个月都待在营地，一直待到雪融化干净，穿越林子不会留下印记的那天。

万斯需要一些时间来考虑这些话。缅因州的冬天漫长而酷寒——那是一种潮湿而多风的冷，最严酷的冷。冬天在野外扎营一周已属相当了不得，整个冬季都待在野外几乎闻所未闻。她借故离开，朝旋转门走去，来到了厨房。

男人们在喝咖啡，通过门上的长方形窗户监视奈特。万斯向他们转述了他的供词。没人确定有多少是可信的。休斯指出，要紧的是在这个男人闭口不言之前，让他说说入室盗窃这件事。

万斯重新回到奈特那里，休斯好奇地把门启开一条缝，想要听听他们讲什么。他知道，事实上，所有罪犯都会抵赖所做的坏事——他们会发誓没有做过，即便你是亲眼看到他们做的。

"你愿意告诉我，"万斯问奈特，"你是如何进入这幢建筑的吗？"

"我用一把螺丝刀撬开了一扇门。"奈特说。进入冷冻库，他又说道，用的是几个季节前偷来的一把钥匙。在他面前的桌上有一摊零散摆放的物件，他指向那个三个半叶片的三叶草钥匙扣。

"钱是哪里来的?"万斯问,指着桌上那一沓现金,总共三百九十五美元,这是她从他的皮夹子里搜出来的。

"是我这些年收集起来的。"奈特说。这里几张,那里几张,大多数时候就只有一张,是他从不同的地方偷来的。他原以为也许某个时刻他非得进城去买些什么,但那没有发生。他说,待在林子里期间,从头至尾没花过一分钱。

万斯请奈特估算一下总共去那些小木屋、住宅和营地偷盗过几次。他迟疑了一会儿没有吭声,似乎是在计算。"一年四十次。"他最终说道。过去的二十七年,每年都是。

现在轮到万斯来做算术了。总计一千多次——准确地说,是一千零八十次。每次都是重罪。这几乎是缅因州有史以来最大的入室盗窃案了。就破门次数来说,有可能算得上全国之首。也许,整个世界也绝无仅有。

奈特解释说他只在晚上进入这些地方,并仔细确认过无人在家。他从不去那些常年有人住的房子里偷盗,因为很可能会碰上什么人。事实上,他只偷那些避暑用的度假屋和松树营。有时候这些小屋的门没上锁;有时候他撬窗或破坏门锁。单单松树营他就进去过一百多次。他总是尽其所能地搬运,但还是不够,所以不得不一次次再回来。

万斯解释说，他必须上缴身上所有偷来的物品。她请奈特申报哪些是他自己的。"一切都是偷来的。"他说。背包、靴子、破门工具、营地里所有的物件、他身上穿的所有衣服，乃至内衣。"坦白说，唯一属于我的东西，"他申明道，"是我的眼镜。"

万斯问他在当地是否有家人。"我宁愿不回答这个问题。"他说。他不知道父母是否仍然在世——他没有和他们任何一个联系过——即便还在世，也希望他们永远不知道自己已被找到。万斯问为什么，他说他很羞愧。

奈特承认自己的确在缅因州中部长大。他从未在军队服役。他说自己毕业于劳伦斯中学，一九八四届。松树营的设备主管切斯利提到他妻子也曾就读于劳伦斯中学，这所中学在费尔菲尔德附近，她比奈特晚两年毕业。他们家也许还保留着一九八四年的年刊。休斯请切斯利开车回家试着找一下。

万斯打电话回警队，询问了奈特的情况。他没有犯罪记录；不在保释期。他的驾照于一九八七年他生日那天失效。

切斯利带着年刊《劳伦斯七弦琴》回来了，深蓝色的封面上印着大大的银色字样"84"。按他所说的名字，找到了克里斯多夫·奈特的毕业照，照片向大家呈现了一个留着蓬乱黑发、带着厚厚框架眼镜的少年，双臂交叉，身体微微后倾，靠在一棵树上，身穿一件胸前有两个口袋的蓝色马球衫。他看上去健康而壮实。脸上与其说是微笑，不如说是挤出了一丝假笑。他没和任何体育运动队合照，也没有以校俱乐部或其他什么场景来做拍照背景。

很难辨认出他和此刻坐在松树营餐厅内的人是同一个人。奈特说他很多年没有看到自己的影像了，除了水中那模糊的倒影。他提到，营地里没有镜子。

"你是怎么刮胡子的？"万斯问。

"不用镜子。"他说道。他不清楚自己现在的样貌。他盯着这幅照片，眯起了眼。之前他的眼镜被推到了额头之上，现在他把它重新架到鼻子上。

就在这个瞬间，休斯和万斯都承认，他们不再怀疑了——打心眼里认定——今晚所听到的一切都是真的。历经这数十年的时间，镜架已经褪色，但照片上的男孩和餐厅里的男人看上去戴的是同一副眼镜。

黑暗已经到头，黎明就快来了。万斯知道，奈特很快会被纳入司法程序，也许再也不能自由地说话了。她想要一个解释——为什么要抛下整个世界——但奈特说，无法给她一个明确的理由。

她指着他手腕上的疤痕。"你是怎么用药，"她问，"或看医生的？"

"我没吃过药，也从不看医生。"奈特说。随着年龄的增长，他说，伤口和瘀青复原的速度没以前快了，但他一次重伤也没有受过。

"你生过病吗？"万斯问。

"没有。"奈特说，"你必须跟别人接触才会得病。"

"最近一次和别人接触是什么时候？"

他没和人有过身体接触，奈特回答道，但在九十年代的某一天，他在林子里行走时，遇到过一个徒步者。

"你说什么了？"万斯问。

"我说'你好'。"奈特回答。除去这句简单的招呼，他肯定地说，在今晚之前他再没有和另一个人说过话或接触过，二十七年了。

5

对一些家庭来说，最先不见的物品是手电筒。对其他家庭来说则是一个备用的燃气罐。或者摆在床头柜上的一些书，或者放进冷冻箱的牛排。在某个小木屋，丢失的是一个铸铁平底炒锅、一把削皮刀和一个咖啡壶。电池，毫无疑问会失踪——通常房子里的每一节电池都会消失。

说它是玩笑，够不上好玩儿；说它是犯罪，还没严重到那个份上。它介于二者之间，令人有些不安。也许是你的孩子们拿走了手电筒。或者你**真的**把牛排放进冷冻箱了么，没错么？毕竟，你的电视机还在那里，电脑、照相机、音响，还有珠宝首饰也都在那里。门窗都没坏。你打电话给警察说这里发生了一起入室盗窃案，所有的一号电池和你那本斯蒂芬·金的小说不见了？你不会。

但是次年春天，你再次返回小木屋，发现前门没上锁，或者防盗门没锁死，或者像某一起案件那样，厨房水槽上的热水龙头轻易就断送在你手里了，就好像它纯属摆设——然后，你开始检查水槽，检查水槽上方的窗户，你在窗台上看见一些细小的卷曲物，看上去像是用刀锉出来的刨花。然后你注意到，窗户上的金属锁扣是开着的，锁扣附近的窗框略微被刮掉了些。

我的妈呀，有人曾经进来过——也许是踩在你的水龙头上，从窗户潜入的，然后把它弄成完好无损的样子。同样，没有贵重物品丢失，但这一次你得叫警察来了。

警察说他们已经知道有这么个隐士，并希望能尽快破案。整个夏天，在进行户外烧烤、在开营火会时，你会听见十几个类似的故事。大多丢的是燃气罐、电池和书籍，但也有人丢了一支户外温度计、一根花园浇水用的软管、一把雪铲和一箱喜力牌啤酒。

也有一对夫妇来此度假时，发现双层床上少了一张床垫。真是叫人费解。你不可能把一张床垫从小木屋的窗户里推出去，而且是在窗子关闭的情况下。但前门，这屋里唯一的门在冬天是被上了锁并且被锁死的。他们到达时，检查过门，门锁没被动过；到处都完好无损。然而，厨房的窗户曾被撬开过。唯一能让这事有点儿说得通的就是，贼从窗户进来，撬开前门的铰链锁，让门从铰链这一侧打开，然后把床垫从里面滑出去，把门关好后，再从窗户出去。

所有人都知道，松树营是首当其冲的目标，是这个贼的私人平价超市。每一次破门而入，损坏都是微小的——没有破损的玻璃，没有四处乱翻。他是个贼，不是个蓄意破坏者。如果他卸下一扇门，他会花时间重新把它安上去。贵重物品对他而言似乎没有吸引力——对她，或对他们。没人知道此人是男是女，是一个人还是一个团伙。根据所偷物品的类型，有个家庭称他为"山地人"，但那吓坏了家里的孩子们，所以他们改称他为"饥饿人"。大多数人，包括警察，开始把这个入侵者简称为"隐士"，或"北塘隐士"，或更正式一些，"北塘之隐士"，在其他需要填写嫌犯全名的场合，他就被记录为"隐士·隐士"。

很多北塘居民确信隐士其实是个邻居。北塘和小北塘地处缅因州中部，离夏季一到就人满为患的海滨及其游乐场所很远。公路沿着海岸线蜿蜒而行，大多未经铺砌且崎岖不平。两个池塘的周长约十二英里，池塘沿岸分布着约三百个度假屋，但只在暖和的季节有较高的入住率。其中的若干小屋仍然没有供电。邻居们大多彼此认识；人员流动不大。有些地块被同一个家族世代拥有长达一个世纪。

人们猜测，也许这些入室盗窃案是一群当地的少年所为，算是加入帮会的投名状，一次恶作剧；另一些当地人猜可能是一名反社会的越战老兵干的；其他人则认为，这更有可能是松树营监守自盗。也有可能是那些外省来的面目可疑的猎鹿人干的，或是一名仍然在逃的二十世纪七十年代劫机者，或是一名连环杀手。还有，那个总是独自钓鱼的家伙呢？有人进过他的小屋吗？没准你会在那里找到你的床垫。

有一年夏天，有家人想出了个点子。他们把一张手写纸条和一支系在绳子上的笔粘在前门之上，纸条上写道："请不要破门而入。告诉我你需要什么，我会为你留在外面的。"这引发一股小热潮，很快有五六家小屋门前飘起了纸条；其他居民则将装了书的购物袋悬挂在门把手上，像是给学校募捐。

纸条没有得到回应；也没有一个购物袋被动过。入室盗窃一如既往：一个睡袋、一套雪地摩托车防寒服、一年的《国家地理杂志》。电池，更多的电池，包括汽车、船舶和全地形车里的蓄电池。丢失床垫的那对夫妇又丢了一个背包，这一度令他们恐慌——那是他们藏匿护照的地方。接着他们发现窃贼在带包离开之前已经取出了护照，并把它们放在壁橱之内。

很多家庭决定加固他们的小屋。他们安装了警报系统、移动探照灯，安装了更坚固的窗，和更厚实的门。一些家庭花去了数千美元。湖滨一带多了个词汇——"防隐士"，一种前所未有的不信任感侵入社区。以前从不锁门的家庭开始锁门了。两位住得很近的表兄弟认为对方拿了自己的燃气罐。一些人责怪自己总是忘记把东西放哪里了，并半开玩笑地担心自己开始失去理智。有个男人怀疑自己儿子偷东西。

那对丢了床垫和背包的夫妇决定，每次离开小屋，哪怕只有一个小时，也要把窗户关好并落锁，不管房屋内部的空气有多么不流通。这个夏天结束时，有人从五金店回来带了五十张胶合板和一把牧田牌螺丝枪，用了上千颗螺丝钉，把他的小屋在冬季给封了个严严实实。

这上千颗螺丝钉起作用了，但其余的小屋一切照旧。其他小屋失窃的东西有枕头、毯子、厕纸和咖啡滤纸、塑料冷却器和掌上游戏机。一些家庭被光顾的次数多了，从而了解了隐士的口味：喜欢花生酱胜过吞拿鱼，喜欢百威啤酒胜过百威淡啤，喜欢三角短裤而不是平角内裤。他非常喜欢吃甜食。一个孩子丢了所有万圣节得来的糖果，而松树营则少了一大桶软糖。

在阵亡将士纪念日前，湖畔季刚开始时，通常会有大量的入室盗窃发生，另一个高发期是在劳动节后。不然，总是发生在星期三，通常是在下雨天的晚上。没有一户常住居民的家遭受过入侵，并且他不偷已经开封的食物。有个家庭开了个广为流传的玩笑——"他不和'斯金尼'（皮包骨头的）女孩约会。"因为不管他家的酒柜被洗劫多少次，隐士从来不碰"斯金尼"，一种女孩子喝的鸡尾酒饮品。

十年过去了。一切依然如故：几乎没人能阻止他，警察也无法抓住他。他似乎在林子里阴魂不散。人们短途旅行归来，不知道是否会和窃贼撞个正着；害怕他此刻正守候在林子里，监视着你。他翻遍你的橱柜，搜查你的抽屉。每次走向柴火堆，都会引发一种毛骨悚然的感觉，感觉有人正潜伏在一棵树后面。所有夜晚出现的正常声响都成了入侵者发出的响动。一些朋友私下里商议把老鼠药放进食物里，或在树叶底下设个捕熊的陷阱，但他们从没有实施过这些想法。

其他人说，很显然，隐士人畜无害——就让他拿走你的锅铲和牛奶箱好了。他几乎不比季节性家蝇更令人头痛。缅因州一直是个古怪的地方，聚集了很多性格古怪之人，现在北塘有了自己本土的神秘隐士传说。至少有两个孩子在校刊上报道了这个传奇。

然而，犯罪行为变本加厉，越发厚颜无耻了。有个家庭为了举行派对在冰箱里存储了一些冻鸡肉，结果一下子全部失踪。在二〇〇四年北塘业主会议上，也就是神秘事件发生的第十五个年头，与会的一百个人被问到谁家遭受过非法入侵，至少百分之七十五的人举起了手。

接着，事情似乎终于有了突破。随着移动感应保安摄像机体积变小、价格降低，有几户人家安装了这个设备。在一个小屋，摄像头被安装在烟雾报警器里，取得了成功：隐士被镜头捕捉到了，他正朝冰箱里窥视。镜头是对准了，但窃贼的脸并不清晰。从影像上看，是个干净而衣着体面的人，既不憔悴也不是满脸大胡子——并不大像是在林子里讨生活的人。他看上去既不敏捷，也不健壮，甚至不适合做户外运动。有人称他为"平凡先生"。很可能，有人推测，这位所谓的隐士一直以来就是一位邻居。

没关系。有了这些首次拍到的照片，其他人及警察都确信离隐士落网为期不远了。这些照片被挂在商店、邮局和市政大厅里。几位警官从一个小屋走访到另一个小屋。令人发狂的是，没人能够认出照片中的男人，而入室盗窃事件还在继续。

又一个十年悄然而逝。松树营的失窃频率和被盗物品的数量都在上升。截至此时，四分之一个世纪已经过去了。整件事是荒谬的。尼斯湖有水怪，喜马拉雅山有雪人，而北塘有隐士。有人决意要弄个水落石出，历经两个夏天，花费十四个晚上的时间，在黑漆漆的夜晚躲在自己的小屋里，持马格南.357手枪，静候隐士破门而入，然而运气欠佳。

大家普遍认为，最初那个窃贼一定已经退休或死了，最近这些入室盗窃案是山寨行为。或者那个少年帮派有了第二代，甚至第三代接班人。那些听隐士传说长大的孩子现在自己也已为人父母。大多数人让自己接受现实，事情就是这个样子的；你仅仅需要在每年夏天更换船上的蓄电池和燃气罐就行了，然后接着过你的日子。那对丢了床垫和背包的夫妇现在丢了一条兰兹角牌的蓝色牛仔裤——三十八码的腰围，配一根棕色皮带。

最终，最意想不到的事发生了。尼斯湖水怪没有从湖里现身，珠穆朗玛峰雪人没在闲逛时被人捉住，更没有来自火星的绿色小人，但北塘隐士，原来是真有其人。他被休斯警官抓住时，身上穿的就是兰兹角牌牛仔裤，三十八码，系着一根棕色皮带。

6

克里斯多夫·奈特被逮捕了，被控罪名是入室盗窃和偷盗。他被移送至位于缅因州首府奥古斯塔的肯纳贝克县监狱。近一万个夜晚露宿于荒野之中，头一次，他睡在了室内。

《肯纳贝克日报》发布了报道，激起了民众强烈的好奇心。监狱被各种来信来电和来访者所充斥；副治安官瑞安·里尔登觉得监狱成了"马戏团"。一名来自佐治亚州的木匠自告奋勇地来修理被奈特所破坏的小木屋。一个女人想要求婚。有人愿意免费为奈特提供土地居住，另外有人承诺在自己家给奈特留个房间。

人们寄来了现金和支票。一位诗人来寻找传记素材。副治安官瑞安·里尔登说，有两个男人，一个来自纽约，另一个来自新汉普郡，带了五千美元现金来到监狱，这是奈特保释金的总额。但是，奈特很快被认为存在逃跑风险，保释金被提高到了二十五万美元。

还录制了五首歌曲：《我们不认识北塘隐士》《北塘之隐士》《北塘的隐士》《隐士之声》和《北塘隐士》——蓝草、民歌、另类摇滚、挽歌、民谣。"大 G 的熟食店"是缅因州颇具地方特色的小饭馆，开始供应名为"隐士"的烤牛排、熏牛肉和洋葱圈三明治，广告宣称这些食物含"所有从本地偷来的食材"。一名荷兰画家基于奈特的故事，创作了一系列油画，在一家德国画廊展出。

成百上千来自美国和世界各地的新闻记者都想要采访他。美国《纽约时报》把他比作布·拉德利，即《杀死一只知更鸟》中的隐士。各类电视脱口秀节目鼓励他出场。一支纪录片拍摄队来到了镇上。

缅因州的每家咖啡店和酒吧，似乎都在举行有关隐士的辩论。在很多文化里，隐士一直被认为是智慧的源泉，是生命奥秘的探索者。在另外一些文化里，他们被视作受魔鬼诅咒的人。奈特希望告诉我们什么？他揭示了什么样的秘密？

或者他仅仅是个疯狂之人。如果有惩罚，他将接受何种惩罚？他是怎样生存下来的？他的故事是真的么？如果是，为什么一个男人会如此决绝地自弃于社会之外？肯纳贝克县地方检察官梅根·马洛尼说，奈特显然是希望自主地过完一生，他已经成了缅因州最出名的人。

奈特本人，这风暴的中心，却恢复了沉默。他没有公开说过一个字，也不接受任何馈赠和施予——保释、求婚、诗歌和现金。寄给他的约五百美元现金被存放在一项赔偿基金里，用于补偿那些受他侵犯的失主。在被捕前，隐士似乎完全不可理解，但是对大多数人来说，他的落网仅仅是加深了这层困惑而已。真相比传说还要奇异。

7

克里斯多夫·奈特的故事，是我在某天早上浏览手机新闻时看到的，当时周围一片吵闹，孩子们把橙汁给弄洒了。故事一下子吸引了我。我曾在野外露宿过数百个夜晚，多数是在我和妻子三年间生了三个孩子之前。虽然在森林里你不可能拥有很多安静的时间，但那是一段丰富而有意义的经历。我并不嫉妒奈特的壮举——营地不生火的规矩太过残酷——但我确实对他产生了些许敬意，并对整件事感到无比震惊。

我喜欢独处。喜欢的运动方式是独自长距离跑步，作为一名记者和作家，我通常不太合群。每当生活变得叫人无法承受时，我首先想到的是——在脑子里幻想——前往森林。我的房子的确体现了失控的消费主义，我最渴望的却是简单和自由。曾经有一次，当时我的几个孩子都尚在襁褓中，吵闹声和失眠令我几近崩溃，我的确逃离过这个世界，虽然时间很短，且流于形式，还勉强征得了妻子的同意。我逃去印度，报名参加了一个为期十天的静默灵修，希望大剂量的独处时间可以安抚我的神经。

但是没有。尽管这个灵修重在冥想——我们被传授了一种古老的自我沉思法，叫作"内观"——我却发现它很折磨人。它更像是僧侣之道而非隐士所为，几百个参与者坐在一起，彼此间不允许交谈、打手势或对视。想要社交的渴望从不曾从我身上褪去过，简简单单的静坐是一种生理搏斗。尽管如此，十天的时间已足够让我看清，沉默可能是神秘莫测的，如同站在井边向下窥视，如果胆子够大，一直潜入到内心深处，可能会在产生深刻意义的同时，又让人心生不安。

我不敢——坦白说，审视自己需要勇气和毅力，以及大量的空闲时间，而我并不具备。但我从未停止过思考，想知道内心深处有什么，有怎样的洞见，存在什么样的真相。有人在印度完成了为期数月的静默灵修后，身上散发出来的平和与安静气息让我羡慕不已。但是奈特似乎超越了所有的界限，一头扎到了那口井的底部，抵达了神秘的内心深处。

还有关于书的问题。奈特显然喜欢阅读。根据新闻报道，他偷窃了大量的科幻小说、侦探小说和畅销小说，甚至是"禾林"出版的言情小说——北塘小屋里能找到的任何书籍——也有人丢了一本金融教材、一本研究"二战"的学术巨著和詹姆斯·乔伊斯的《尤利西斯》。在他被捕期间，奈特提到自己很喜欢丹尼尔·笛福的《鲁宾逊漂流记》。鲁宾逊在岛上居住的时间和奈特在林子里待的时间几乎一样长，虽然有几年他有"星期五"相伴。当然，这故事是虚构的。地方检察官梅根·马洛尼说，奈特在监狱里读《格列佛游记》。

对我来说，人生的两大乐事是露营和阅读——最棒的事是一举兼得。这个隐士的爱好似乎和我相同，但程度要深得多。我早晨清理餐桌时会想起奈特，在办公室付账单时会想起奈特。我担心某人从生理到心理都对我们这种生活方式没有免疫力，现在他已经完全暴露在各种病菌面前了。最关键的是，我迫切地想听他披露些什么。

结果什么也没有。记者们关注别的事情去了，纪录片摄制组卷铺盖回家了。我的思绪仍然不能平静，我的好奇心被点燃了。在他被捕后两个月的一个深夜，满屋子的人都睡着了，我坐到写字台前，整理了一下思路。拿出一叠带横线的黄色信纸和一支书写顺滑的钢笔。

"亲爱的奈特先生，"我开始写道，"我从蒙大拿西部给你写信，我在此地已经居住了近二十五年。我在报上读到有关你的一些报道，感觉很有必要给你写封信。"

我继续写道，我所了解到的一切有关他的事情，仅仅是引发了我更多的疑问。我又写道，我是个热衷于户外活动的人，年纪和他相仿——四十四岁，比他小三岁。我告诉奈特我是个记者，并复印了一些我最近为杂志撰写的文章，包括一篇关于东非一个以狩猎和采集为生的部落的报道。我觉得这个与世隔绝的部落可能会引发他的兴趣。我提到自己喜欢看书，并透露欧内斯特·海明威是我喜爱的作家之一。

"我希望你适应目前的新环境，"这封信有两页半长，我在信的结尾写道，"同时，也希望你的官司会以最温和的方式得到解决。"最后署名，"你的，迈克"。

8

一周后，一个白色信封出现在我的邮箱里，上面的地址是用蓝墨水写的，是歪歪斜斜的印刷体字。回信地址写着"克里斯多夫·奈特"。背面用印章传递了一条警告讯息："这封信来自肯纳贝克县监狱。内容未经评估。"

信封里只有一页纸，被折成了三道。我把它摊平放在桌上，发现这是我寄给他的关于哈扎人的文章，这个部落生活在位于非洲大裂谷的坦桑尼亚，这篇报道发表在《国家地理》杂志上，我随信还附上了彩色的照片复印件。

奈特寄回了其中的一张图片，上面是哈扎族长者安华思的肖像。文章提到安华思大约六十岁，一辈子都生活在丛林里，他和一个二十几人组成的大家庭一起居住。安华思没有年份的概念，只知季节更替和月亮的盈缺变化。他的生活用品不多，却享有大把的闲暇时光，代表了与人类始祖最后的几条纽带之一。

我们人类起源于约两百五十万年以前，在百分之九十九的存在时间里，我们都像安华思那样生活，主要靠打猎和采集野生食物为生。虽然群体内部联结紧密，资源共享，但人类学家推测，几乎每个人，无论是独处还是和别人一起，是在野外搜寻可吃的植物还是追踪猎物，其一生的大部分时间都处于静默状态。这是真实的我们。

农业革命始于一万两千年前中东的新月沃地，很快地，这个星球便被改组成一个个村庄、城市和国家；没过多久，普通人就几乎没有时间独处了。可是总有为数不多的那么一些人，对此无法接受，于是他们逃跑了。有记载的人类历史长达五千年，自人类能够书写以来，就一直记录着隐士的事迹。这是一种原初的魅力。中国的文字刻在动物骨头上，史诗《吉尔伽美什》则镌刻在泥板上，它是公元前两千年在美索不达米亚流传的诗歌，诗中提到萨满巫师或野人独居在树林里。

各种文化在各个历史阶段都曾有人寻求避世独居。有些文化对此推崇，有些则鄙视。孔夫子，逝世于公元前479年，似乎对隐士赞颂有加——据他的弟子记载，他评价有些隐士品行高洁。公元三至四世纪时，成千上万的隐士，被后世称为"沙漠教父"和"沙漠教母"的虔诚基督徒，集体移居到了尼罗河两岸的石灰岩山洞里。到了十九世纪，我们迎来了梭罗，而二十世纪则是"炸弹怪客"①。

这些隐士与世隔绝的时间没有一个长得过奈特，至少他们从协助者那里获得过重要帮助，或者像沙漠教父和教母所遭遇的，被圈进男女修道院。也许，这个世上仍有隐士存在——这是可能的，现在还有——比奈特隐藏得更深，但如果是这样，那他们永远也不会被找到。抓获奈特好比人们捕捞到了一条巨型鱿鱼。他是一个贼，并不是完全与世隔绝，但他坚持了二十七年，在此期间他总共只说过一个字，没和任何人有过身体触碰。也许你不同意，克里斯多夫·奈特，他是整个人类史上已知的最孤单之人。

奈特寄给我安华思的照片，似乎是在以他自己的方式巧

---

① 指希尔多·卡钦斯基（Theodore Kaczynski, 1942—　），16岁就读哈佛大学的神童，毕业后任加州大学伯克利分校数学系助教，后隐居于蒙大拿州的山林中。自1978年起的17年中，向美国高校的理科教授、航空公司高管以及广告经理等人寄出16枚自制炸弹，炸死3人，炸伤23人，于1995年被捕，被判处终身监禁。

妙地传递隐含信息，暗示他对其他远离现代社会生活之人的敬佩之情，既传达了意思，又不着一字。我把这页纸翻过来，看到奈特在背面纸上写了字。纸条写得很简短——三个段落，共两百七十三个字，每行字都挨在一起，仿佛是要抱团取暖。尽管如此，这张纸条上含有奈特最初想和世人分享的一些言论。

"显而易见，来信收悉。"他开门见山，没有称呼和问候。使用"显而易见"这个词——显得幽默而屈尊——让人不禁莞尔。他是在回复我的信件，他解释说，写回信是希望从监禁生活的"压力和无聊"中寻求一些放松。此外，他不习惯说话，"我发声和说话的技能相当生疏和笨拙。"他对歪歪斜斜的字迹表示歉意；在监狱里，一支普通的钢笔就能被用作一件武器，所以他只被允许使用带软管橡皮套的笔。

奈特似乎对一切都很害羞，却愿意表达阅读体验。他写道，他对欧内斯特·海明威"相当无感"。他特别喜欢历史和生物，他说，虽然目前他对拉迪亚德·吉卜林很感兴趣，但更喜欢读他那些"不太知名的作品"。写到这里，好像要澄清自己为什么偷了那么多粗制滥造的文艺作品，他补充道，在没有选择时，他愿意读任何作品。

他知道自己被捕所引发的骚动——所有寄给他的信件都

被按时送到他的牢房，但其中大多数信件都是"疯狂的、令人毛骨悚然的、非常古怪的"，他这样写道。他选择我的信来回复，暗示着我的信没那么吓人，并且在我的用词里感到了些许令人愉快的东西。他似乎意识到自己已经显得友好了，他迅速写道，他不希望再多说什么了。

接着他似乎担心自己太不友善。"我犹豫过是否要这样粗鲁作答，但还是觉得清楚而诚实地表明立场好过礼貌。"不想说"私人的事情"，但不管内容如何，手写书信总是带有私人性质的。他在结尾写道："你写信过来真好。谢谢你。"没有署名。

我很快写了回信，并邮购了两本吉卜林的书（《会成为国王的人》和《怒海余生》）给他。奈特曾在信中说因为他不了解我，所以只会写一些"简单的内容"。这似乎是对我抛出了想要做进一步了解的橄榄枝，于是我写了满满五页有关我家庭的轶事，并讲述了一次去野外躲清静的经历，这样的事我现在只是偶尔为之：不久前夏至点和超级月亮正好在相近的时间段到来。所谓超级月亮就是一年中最大最圆的那个月亮，距离地球最近。我和一个朋友在蒙大拿山里露营时，观看了这个偶合的天文现象。

此外，我向奈特公开我是一个有污点的记者。在二〇〇一年，我为一份杂志撰写有关童工的文章，我把不同的采访内容编排到一起，创造了一个虚构的人物，这种讲故事的方式是有违新闻法则的。我的欺骗行为被逮住了，很快被禁止向一些出版物供稿。有一段时间，我感到自己在职业圈里被孤立和抛弃了。奈特是个认了罪的小偷，不靠小偷小摸他无法独自生存，也许承认自己在职业上犯过的错误，会引发一种共通感——为了达到理想，我们都为之奋斗过，并且失败过。

我在信箱里发现了他的下一封来信，很受鼓舞。打动他的并不是我的职业过失，而是那次露营旅行。在长达三页的便条开头，他描述了某次他试图练习讲话的经过。他接近了五六个狱友，大多年轻而麻木，他尝试着开启对话。所选的话题是有幸看到夏至点和超级月亮同步到来。"我以为至少会引起些许兴趣，"他写道，"但显然没有。你真该看看我得到的漠然反应。"

很多他试图与之交谈的人仅仅对他点点头或微笑一下，心里却认为他"愚蠢而疯狂"；或者厚颜无耻地盯着他看，仿佛他是展出的怪物。接着，我的信就到了，他读了，又惊又喜，如获珍宝，我在信中提到了同一个话题。他描述自己"震惊不已"，从这以后，他的文字不再是无关痛痒，而是直率而深入，仿佛是一篇日记。

　　和另一个犯人一起被关在牢房里，他感受到了牢狱之苦。"你问我如何睡觉。睡眠很少，很不容易。我几乎总是感到疲惫而紧张。"但是，他用那断断续续诗歌一般的行文方式，又补充道，他应该被关进监狱。"我偷东西。我曾是个贼。这么多年来，我一次又一次地偷窃。我知道不对。明知不对，每一次，都感到愧疚，但还是继续偷。"

　　在他的下封信和再下一封信里，他说，想象树林就在监狱的煤渣墙之外，由此感到"宽慰和轻松"。他用抒情的笔调提到了生长的野花：黑眼苏珊、杓兰、三叶草，甚至蒲公英（虽然他觉得这些死了更有意思）。他几乎能听见自己在营地炉子上烹饪时"盐和油脂在被煎炒时发出的欢唱声"。大多数时间，他仅仅希望安静——"所有我能拿走、消耗、吞食、尽情享用、品味和享受的安静"。在人群里，奈特是在自暴自弃，而非渐渐适应监狱生活。他说，在林子里时，他总是小心地打理面部的须发，但现在他不再刮脸了。"用我的大胡子，"他写道，"来计算坐牢的日子。"

　　好几次，他试图和别的狱友说话。他可以"笨拙"而迟疑地说出几个字，但每个话题——音乐、电影、电视——就如同所有的当下俚语一样，他都无法谈论或使用。他只偶尔使用一些缩略语，并且从不说脏话。"你说话像本书。"一个狱友取笑他说。至于看守和监狱的长官们，奈特注意到，走近他时带着"同情和些许笑意"，所有人似乎都问他同一个问题：你知道现任总统是谁吗？他当然知道；住在林子里时，他常常收听广播里的新闻。"这是他们对我的测试，"他写道，"总是想我会给他们一个很可笑的答复。但是不行，虽然我想那么做。"

很快地，他基本上停止了说话。"我退回到沉默状态，这是我的防御法。"他提到。最终缩减到只说五个字，只对看守说：是，不，请，谢谢。"我很吃惊，"他写道，"沉默竟然让我获得了尊重。我不明白为何沉默是一种威胁。沉默对我来说是正常和舒服的。"之后，他又写道："我得承认自己有点蔑视那些无法保持安静的人。"

他仅仅简单提到了一些在林子里的细节，但他所披露的内容是令人心痛的。他清楚地说道，有些年，他几乎熬不过冬天。在一封信里，他说自己为了抵抗寒冷，曾试着冥想。"在林子里，我不是每天、每月或每年都冥想，只在死亡临近时才冥想。食物太少或寒冷的日子太长，死神就接近了。"冥想有用，他总结道："我活着，并且神志清楚，至少我认为自己神志清楚。"同样，没有正式的结尾。他的信件通常戛然而止，有时只写了一半。

他在接下来的一封信里又回到神志清楚的话题："我走出林子以后，他们把隐士这个标签贴到了我身上。我对此感到奇怪。我从没认为自己是个隐士。于是我开始焦虑，因为我知道，有了隐士这个标签，会让人认为你脑子不正常。看看这讨人厌的小玩笑。"

更糟糕的是，他害怕蹲监狱的这段日子只会证明一点，即那些认为他神经不正常的人是对的。他的庭审不断延期，毫无进展，蹲了四个月监狱后，他不知道会有什么样的惩罚在等待着他。判十几年或以上都有可能。"压力山大。"他写道，"给我一个数字。多久？几个月？几年？我要在监狱待多久？告诉我最坏的情况。多久？"

不确定性拖垮了他。监狱的环境——手铐、噪声、污秽、拥挤不堪——损坏了他的感觉系统。通常来说，假如一个人必须在美国坐牢的话，缅因州中部的监狱是较易忍受的地方之一，但对奈特来说仍是种折磨。"疯人院"，他是这么形容这个地方的。监狱里永远有亮光；在晚上十一点，灯光仅仅是稍微变暗了些，"我怀疑，"他写道，"几个月的牢狱生活对我的神志所造成的破坏远大于我在林子里的几年——几十年。"

最后，他甚至决定不再写了。"有那么一段时间，书写替我释放压力，但再也不是了。"他写了最后一封信，心力交瘁的一封信，是过去八个星期里的第五封信；在信里，他似乎处于崩溃的边缘。"仍然很累。更累了。比较累，累极了，疲惫得令人作呕，无限疲劳。"

就这些了。他停止了写信。接下去的三个星期，我给他写了三封信——"你还好吧?"我为他担心，但是没有地址写得歪歪斜斜的白色信封出现在我信箱里。我重读了他的最后一封来信，希望找出一些隐含信息。尽管疲惫而紧张，最后几个字他写得歪斜而且具有自嘲意味："友好的隐士邻居，克里斯多夫·奈特。"

9

缅因州的奥古斯塔，风景如画，但略微萧索。市中心的街道空空荡荡，肯纳贝克河沿岸的工厂，曾经生产扫帚柄、墙基石和鞋子，如今只剩下巨大的砖石框架。监狱于一八五八年建成，还保留着最初的框架结构，小小的花岗岩堡垒成了治安官的办公室。奈特被监禁在与之相连的扩建部分，一幢三层楼的浅灰色煤渣砖楼。

探视时间大多始于晚上六点四十五分。我早早到达，穿过底楼的两重金属门，进入监狱的等候室。我站在一张窄窄的桌子旁，面对着一扇用单向玻璃做成的窗，不知道是否要摁一个按钮以提醒里面的人。一个装洗手液的大型气压瓶旁有个提示牌，提示访客在进入设施前先使用一些洗手液。

"你来探视谁？"刺耳响亮的声音从玻璃另一头的扩音器里传出。

"克里斯多夫·奈特。"

"什么关系？"

"朋友。"我不太自信地回答。他不知道我在这里，我也吃不准他是否会同意见我。他的信让人觉得，他此刻正在遭很大的罪，需要更多的勇气来忍耐，同时，还有一个非同寻常的故事没有讲述。于是，他一旦表明不再写信，我就冒险东进，从蒙大拿州飞到了缅因州。

一个金属抽屉弹了出来，要求提交身份证件。我将驾驶执照放入，抽屉很快关上了。驾驶证被归还后，我就坐在等候室的长椅上等候，嗡嗡声和摔门声在肮脏的白墙间回荡。

一对老年夫妇来登记探访，随后是一个男人，在被问及是什么关系时，他回答："我是他父亲。"然后，坐下来紧紧地抓着一袋子的内衣裤，仿佛它是条救生索。在肯内贝克县监狱，可以带给犯人的物品为数不多，未拆封的内衣就是其中之一。接着，来了一个妇人，领着两个穿同款粉色连衣裙的小女孩。两个女孩像在出水痘，但母亲对大家解释道，那仅仅是蚊子咬的。"我们住在离此地很远的树林里。"她补充道。这提醒了我，如果真能见到奈特的话，要问他是如何对付昆虫的，北方林子里的虫子乱咬人。即便是不善抱怨的亨利·大卫·梭罗，在《缅因森林》中也写过被虫子"严重骚扰"。

终于一个娃娃脸的狱警出现了，拿着一个手持金属探测器。高声喊出一个名字，于是老夫妇站了起来。警官用探测器对他们搜过身后，打开一扇栗色的门，门上标注着一号探视室，等他们进去后关上了门。然后，他把那个带内衣的男人送进了二号探视室。

一共三个探视室，当第三个名字被叫到时，是那个女人和两个孩子站了起来，我很沮丧。但那个警官又一次打开了二号探视室，领这群人进去，然后叫道："奈特。"

我被金属探测棒前后搜了身，令人欣慰的是，藏在口袋里的小笔记本和笔没有被没收。警官打开了三号探视室——门上有警示："一旦擅自离开，就禁止返回。"——我走了进去，门在我身后关上了。我暗自鼓足勇气，眼睛试着适应里面较暗的光线。在一面厚厚的防震玻璃后面有封闭的小隔间，坐在凳子上的，正是克里斯多夫·奈特。

我这辈子很少见到有人这么不乐意见我。他那薄薄的嘴唇向下拉着，一脸的怒容；一眼都没朝我看。我坐到他对面，同样是一张黑色木头凳子。我把笔记本放在金属桌上，桌子被固定在窗下方的墙上。他不认可我的出现，连最起码的点头示意也没有。他的眼睛看着我左肩上方的某处，整个人几乎一动不动。他穿着一件洗得发白的暗绿色囚服，囚服比他的身形大出好几个号。

一个黑色的听筒挂在墙上，我拿了起来。他也拿了起来——这是我见他做出的第一个动作。先是一些录制好的法规性语音提示，警告谈话可能会被监控，然后线路就开放了。

我先说话："很高兴见到你，克里斯。"

他没作回应。仅仅是坐在那里，一脸冷漠，那谢了顶的脑袋像日光灯照射下的雪地般闪闪发光，胡子——他的监狱日历，入狱一百四十天——乱七八糟地蜷曲成一团，大部分是棕色的，有些是红的，少量是灰的。戴一副金属框架的双焦眼镜，和他住在林子里时戴的那副眼镜不同。宽阔的额头，和尖尖的大胡子，使他的脸看上去呈三角状，像一个让路标志。他似乎有点儿像俄国作家列夫·托尔斯泰。他骨瘦如柴。

来之前，我只见过他的头像照片。照片里的他胡子修得干干净净，眉头微皱，戴着粗笨的旧眼镜。在经历了被逮捕时的体力消耗和精神压力后，他耷拉着眼皮，目光呆滞。眼前的这个男人同样没有热情，但明显能感觉到他的警觉性及潜在的能量。他或许没在看着我，但肯定是在暗暗观察，虽然我不知道他是否会说一句话。

奈特曾反复在信中提到，他在沉默中感到自在。我看着他，而他没看着我。他有着苍白如水煮马铃薯色般的肤色，和尖尖的鼻子。肩膀下垂，身子向内弯曲，呈防御状。也许就这样过了一分钟。

我能忍受的就这些了。"这里时不时的撞击声和嗡嗡声，"我说，"和大自然里的声音相比，听上去一定极其刺耳。"他把眼睛转向我——一个小小的胜利——然后很快移开了。他的眼睛是淡褐色的，相当小。他几乎没有眉毛。我的话悬在空中。

然后，他说话了，或者至少他的嘴巴动了，但是前几个字几乎听不见。他将话筒握得太低，在下巴以下。他已经有几十年没有使用电话了。我用手指示他，把话筒往上移一点。他照做了，然后重新说了一遍。

"这是监狱。"他说，没有别的话。又一次陷入沉默。

有这么多的问题要问他，但似乎都不合适——太具窥探性，太私人了。我尝试了一个无关紧要的问题："你住在林子里时，最喜欢什么季节？"

奈特停了一下，显然在努力作答。"我享受每一个季节。"他说，不悦的表情又出现了。他的嗓音粗糙，每个字都发得很实——用力过重，间隔不自然，没有元音省略。几乎是一串没有声调的语音，拉长的元音透出一点儿新英格兰口音。

我尴尬地继续发问："你在监狱里有没有交上朋友？"

"没有。"他说。

我不该来的。他不希望我在这里；我在这里感到很不舒服。但是监狱准了我一个小时的探访时间，我得想办法待下来。我在凳子上坐稳了，对自己所有的手势、面部表情和呼吸都极为谨慎。没人可以让奈特开口，但至少我想努力一下。房间里的灯光摇曳，天花板上缺了两块吊顶板。我透过被刮破的窗玻璃看到，奈特的右腿在快速地上下抖动。这个小隔间里，探视者这边的地板上铺的是浅红色的工业地毯，他那边则是蓝色的。

他曾在一封信中写道，和人见面常让他感到"毛骨悚然"，他真的在抓挠小臂。在他长满雀斑的右手背上有个星云状的褐色胎记；几缕凌乱的头发从头顶绕下来，像是被施了魔法的蛇。有人用黑墨水在一面墙上涂鸦了"放我出去"的字样，另有人在门上刮了个"187"，基于加利福尼亚刑事法典，这是谋杀罪的俚语表达法。

我的耐心终于有了回报。首先，几分钟后，他的腿安定下来了，他也不再挠痒。接着，他好像终于找到了和环境的平衡点，开始活跃起来。

"有些人希望我成为这样一个温暖而不真实的人，"他说，"友好而充满隐士智慧。从我的隐士之家滔滔不绝地说些吉祥话。"

他说的每句话都很清楚，但声音极其轻柔。我必须用手指塞住那个没有听筒的耳朵才能听见。他的手势很少，但只要他肯开尊口交谈，他的言辞既具想象力又趣味十足，还很刻薄。

"你的隐士之家——比方说，在桥底下？"我说，试着配合话题。

他极其痛苦地闭了一会儿眼，"你想到的是钓鱼。"

我大笑，而他脸上似乎也准备露出一个微笑。我们有了连接，开场的尴尬得到缓解。我们多少能够正常地交谈了，但速度一直很慢。奈特似乎在斟酌每个所用之词，仔细得如同一个诗人。实际上他手写的那些书信，都至少要先过一遍草稿，他说，大多数情况是去掉不必要的冒犯之词，只留下那些必要的。

他解释了为何很少做眼神接触。"我不习惯看别人的脸。上面有太多的信息。你不觉得么？太多，太快。"按照他的提示，每当他看我时，我就把视线挪到他肩膀上方。此次探视的大部分时间我们都是这么做的。"我不喜欢别人触碰我。"他又说道。他能够忍受看守偶尔轻轻拍他一下，但就这么多了。"你不是个喜欢拥抱的人，"他问，"没错吧？"

我承认有时候也和别人拥抱。

"我很高兴有这个挡在我们之间"，他敲着窗说道，"如果这里有窗帘，我会拉上的。"监狱管理人员给了他接触式探访的选项，但他选择了这种形式。"比起身体接触，我更愿意赴心灵之约。我喜欢和人保持距离。"

奈特似乎完全说出了心中所想，生硬而真实，未经社交礼节这层安全网的过滤。他身上没有善意小谎言机制——这个机制令人相信家庭宴会上的饭菜无论味道如何都是美味的，这个机制令人际交往的齿轮总是运转正常。"如果这样可以尽快切入正题的话，我并不为自己的粗鲁感到抱歉。"

我曾寄给他一些我写的文章样本，其中有我的一幅作者像，他看了后是这样写的："你看上去特别呆头呆脑。下次让你妻子帮你选照片。"探访时我提到我儿子名叫贝克特，他说："呃，糟糕极了。为什么给他起这个名字？等他长大了，会恨你的。"

他说，听到我已经来到监狱，第一个本能反应是拒绝探视，但我们曾有过书信往来，我的出现也许能让他练习如何与人交谈，这个技能他至今还未能在狱中获得。此外，我二话不说就来到了监狱——我觉得别的记者，包括那个纪录片摄制组都不曾如此行事——他知道我住得离此地很远。他觉得，拒绝见我会显得无礼，于是就同意了，但接下来却当着我的面显得无礼。

奈特也许看上去容易发脾气——他的确是易怒的——但他也说，自被捕以后，发觉自己会在意想不到的时刻情绪失控。"比如电视广告会让我潸然泪下。在监狱里让人看到你流泪，可不是一件好事。"

他想知道媒体是如何描述他的。"是不是像新闻播报临近结束时播的那些奇闻异事？世界上最大的南瓜长出来了，一个男人在缅因州的林子里待了二十七年后现身。"他问是否大家真的把他叫作隐士，我告诉他是的。所有当地的报纸，《肯纳贝克日报》《哨兵晨报》《波特兰新闻先驱报》有时也用隐士来指称他。"我不喜欢这个叫法，但我理解，"奈特说，"有一定道理，'隐士'之说的确符合要求。但不管怎样，这不像是我能阻止得了的事。"

他在这里看到了一个战略缺口。媒体显然是宣称看到了活生生的真隐士，而奈特，通过蓄起一把杂乱的大胡子给世人呈现了一个媒体所设想的角色。胡须不但被充作日历，同时也是一副面具，吸收来自周遭的异样眼光，同时允许他在众目睽睽之下有点儿隐私。"我可以藏在后面，我可以扮演那个被设想的模式化人物。被标签为隐士的好处之一就是它能允许我行为怪异。"

他需要准备好"重新步入社会"，他这样说，但是担心自己已被视作一个疯子。他在寻求帮助。他明白自己的行为的确怪异，并希望做出改变——因此我请他看着我。他的眼睛直视过来；脸上没有一丝热情，没有手势，也没有互动，连眉毛也不抬一下。一个新生儿可能会这么干，但奈特坚持不了一小会儿。

我终于和他有目光接触了，我问了那个在等候室里想好的问题——"蚊子很多时，你怎么对付？"——他说："我用喷雾杀虫剂。"然后就把视线转向了别处。我的出现对他是个负担。奈特似乎只想一个人待着。尽管如此，在探视时间临近结束时，我还是问他是否允许我再来探视。

他的回答出乎意料。他说："是的。"

10

　　奈特的整个林中生涯，几乎都在同一个营地度过。营地的位置令人非常意外。美国东北角有一连串面积很小的州紧挨在一起，缅因州就位于这些州的最上端。州内有大片无人居住的林地，这些林地大部分为木材公司所有，但奈特选择的隐居地恰好处于居住区范围之内。小镇、公路还有房子围绕在他的营地四周；他可以偷听到北塘划船人的对话。因为生活在社区的边界，他并非与世隔绝。如果知道怎么走，从他的藏身点到最近的度假屋，步行只要三分钟。

　　只有奈特知道去的路。那天晚上被捕后，在被送往监狱之前，他分享了这个秘密。他带领逮捕他的两名警官，休斯警官和州警万斯去了他的藏身地。这个营地在一处私人领地里，土地的主人不希望这里成为旅游景点，但位置信息还是被泄露了。

在本地做房屋修缮的卡罗尔·布巴曾沿着雪地上警察的脚印到过奈特的营地，他指给我一个大致的方向，于是我驱车向北离开奥古斯塔市，进入缅因州的腹地，所走的公路就像是一条蜿蜒的河流行进在树木覆盖的山脊之间。这里是牛马遍地的乡村地带，大片起伏的农田将一个个小镇分隔开来。一些卖杂货的商店就起名叫"杂货店"，活的鱼饵被装在塑料容器里，和牛奶一起摆放在冰箱里销售。邮箱上印制着法国名字，普兰、蒂博多、列克莱尔——很可能是十七、十八世纪在"新世界"定居的法国殖民者的后裔。在本地区最初的宪章里，从一六六四年起，英国国王查理二世将一片被称作"新英格兰大陆"的土地交由他兄弟约克公爵詹姆斯来统治。也许是这个说法决定了它一八二〇年从马萨诸塞州独立出来后的名字。

一条狭窄而高低不平的公路通往松树营的车道，车道尽头就是上了锁的松树营大门。从这里，走几分钟的路，就能看见湖水，湖水在阳光下泛起点点银光。这一带有两个池塘，小北塘像个孩子般依偎着北塘，它们之间有一条窄窄的水域相连——水域总面积为四平方英里，水质干净、冰冷。大多数的小屋建在林子深处，很难被看见。

这一天是周三，临近夏末，这个区域很安静。除去少数几个例外，沿岸被称作"野营房"的度假屋，都相当低调——是相当简陋的屋子，里里外外都貌不惊人，有几所屋子的表墙需要翻新。在大多数的起居室里，鹿头模型是主要装饰品。户外有地灶、浮动船坞、零散分布的独木舟。空啤酒罐做成的风铃被悬挂在一棵树上。一条小溪对面是一所年深日久的老营房，金属屋顶，就地取材，用铁杉木板和板条撑起四面墙。这个地方离营地只有三分钟路程。

这里，一条泥泞的车道构成了奈特那块林子的一条边界。当然，林子不属于奈特。他每天晚上待在那里，都属于非法入侵。我同样也是，因此尽量不弄出声响来。奈特的营地坐落在一块两百二十公顷的土地上，上面有所常年住人的房子，但奈特从来不去那里行窃。这是一宗面积很大的地产，但北塘地区常年接待徒步旅行者、猎人和全国各地的滑雪者，社区还举办一年一度的船只大游行、冰上钓鱼比赛和潜鸟计数大赛。周边不乏有人活动，奈特的营地却在这么长时间里不为人知，这似乎很奇怪。但也许自有它的道理。

我离开车道进入林子。树木如此茂密，四周湿气很大。

我的眼镜很快被蒙上了一层雾气。克里斯·奈特的林子是一片多物种的原始森林，无数加拿大铁杉高居顶端，底下茂密地生长着各种蕨类植物，还有鲜艳夺目的红顶蘑菇。营地之所以隐蔽需归功于那些杂乱无章的大卵石——个头有一辆车那么大，可能是拜上个冰川期所赐，散乱分布，表面还覆盖了一层苔藓和地衣。有一半的路，我需要手脚并用，用手抓住岩石来做支撑，而树枝断裂、嘎吱作响的声音，大如汽车报警声。

除了缅因州中部，美国没有很多地方可以接纳像奈特这样的隐士。缅因州的森林茂密——在美国西部及整个阿拉斯加，森林通常要稀疏空旷得多——这个州的人口分布得恰到好处，既不是过于集中，又不是散得太开。不然，其中任何一种情况都会阻碍惯偷行窃。再加上缅因州居民习惯避开他人，对私有财产看管不严，即便看到有陌生人在附近走过，也通常不当回事。北塘度假屋的业主们每年大多数时间都住在得克萨斯州，那个州对非法进入私人领地的行为就没那么宽容。可以说，没有一个像奈特那样的人可以在孤星州（得克萨斯州别名）安然无恙地生存。

那位工人给我指的大致方向是这样的："始终面向夕阳，步行上小山。"好吧，但这里有十几座小山，加上那些大卵石，根本不可能走出一条近似直线的路来。无路可走，夏天蚊子猖獗，还有很多毒漆藤和荆棘。松针和汗水粘在一起，衬衣的袖子还必须撸下来，以抵挡小虫叮咬。四面望出去，只看得清几英尺远的距离；这是一个让人产生幽闭恐惧症和失去方向感的地方。休斯警官把它叫作"公山羊树林"，当地人则把这片林子叫作"毛衫"，与那条穿行其间的毛坯公路"毛衫路"同名。众所周知，这片林子猎人不敢来，而且多积雪。

我从未在一片林子里这么快就迷失方向，于是我放弃了，摸索着回到那条泥泞的车道，坐在一块大石头上休息，并大口喝水，再向树林发起进攻，情况也好不到哪里去。即便是小心翼翼地朝着太阳的方向走——是夕阳，没错——也没用，又在钢丝球般的森林里瞎转了。第三次尝试更加糟糕。覆盖在大卵石表面的苔藓是湿的，光滑如冰，我背包里装满了露营设备和食物，脚下一打滑，背包的重量让我失去了平衡，脸朝下摔倒了。前额撞在一块大石头上，撞击力够大，额头立刻隆起了包块。我的一只登山鞋抗不过这些树木，裂开了口子，而奈特一直在这里行走，悄无声息，毫发未损，而且是在深夜。这怎么可能？

就在前一天，在斯考希根警署内，休斯身穿笔挺的绿色狩猎监督官制服及黑色战斗靴，英姿飒爽地坐在自己的办公室里，向我描述如何一步一步跟着奈特走路的情形。休斯在缅因州的林子里工作多时，大部分的业余时间也是在林子里度过的。他诱捕麋鹿和狐狸，兼职出售皮毛赚些小钱。搜寻失踪人员时，非同一般的观察力能够让他洞察林子里的一切蛛丝马迹。没有人能穿越北塘附近的树林而不让他有所察觉；所有人都会留下痕迹。只有一人例外。

休斯说起和奈特一起走路时的情形，目光有些失去神采。休斯是个执法人员，不会夸大其辞。当时他尾随的是一个刚刚招认犯下千起重案的罪犯，内心却对他肃然起敬。

"我这辈子从没碰到过这样的事。"休斯说。他说自己看到的是一件艺术品。"每时每刻，每一步都是计算过的。显然，日复一日，年复一年，几十年来，他都走同样的步子。"休斯说。当奈特走路时，他是进入了这种神游般的境界。"他心不在焉，"休斯说，"有点儿爱理不理。"休斯问他问题，他都没有作答。"我就让他专心致志地走路。"休斯回忆道，"这家伙从不踩在会留下痕迹的地方。他不会碰断一根小树枝、踩坏一棵蕨类或踢飞一个蘑菇。他绕开积雪走路。我很生气，甚至弄不明白这是怎么回事。十分震惊。也许我蒙上他的双眼，他也不会走错一步路。他行动起来像只猫。"

奈特的营地隐藏得越深，想要目睹的愿望就越强烈。太阳又落下去了些，有几道光穿过林子。我慢慢地在树林里移动。我仔细地搜索每一个卵石区域，反反复复，像大海捞针一般。

我脑子里开始有方向感，记下了那些形状怪异的石头和容易辨认的树丛。终于，我开始摸到门道了。有一片区域的卵石特别大，地质学家可能会把这些巨石叫作漂砾，其中有块大石头，从某个角度看过去如一头大象，其实是由两块微微分离的大卵石组成的。两块石头看上去像是一块，这是一种视力错觉，是森林向人类展示的一个小把戏。两块岩石间的缝隙宽度足够我侧身挤进去，一条秘密通道，紧接着眼前出现了一块梦幻般的空地，这里就是了。

11

　　我的天。奈特在一片混乱中开辟出了一个起居室大小的空地，由一片天然的巨石阵和纵横交错的铁杉树保护着，几步之外就完全看不见了。树枝在头顶交错相连，形成一张网，对它形成空中掩护。这就是奈特的皮肤为何如此苍白的原因，他常年居住在树荫下。"我是来自树林，不是旷野。"他如此解释自己的苍白。这个空间很大，每一侧都有二十英尺长，地面相当平整，没有石头，地势略微有些高，能让微风吹进来将蚊子赶走，但在冬天又不会招致过重的风寒。给我的感觉，好像是一小块林子整个地消失了。

　　"要不是他带我们去营地，我们也许永远也发现不了。"

休斯说，"他在这些大石头间急速穿行，我就想，他在搞什么鬼？突然，入口出现了。"还有其他途径可以进出这个营地，但它们被密密匝匝、横七竖八倒在地上的树木和成堆的巨石给挡住了。大象石是唯一合理的通道，当然也最令人意想不到。"我们来到岩石附近，"万斯说，"我摔了个狗吃屎，然后继续走，哦，我的天，是真的。"

"警察清除了奈特大部分的物件，足足装了两辆小卡车。他们扯下油布，拆掉了帐篷，帐篷在地上缩成一团，像个泄了气的球，几根杆子像毛线针一样伸了出来。"但是，最初的一切都被原封不动地拍了照。

"他把帐篷搭建成东西走向，"休斯说，摇摇头，却不得不表示赞同，"那不是出于偶然，他是受过求生训练的。他的营地不在山顶，不在山谷。在半山腰。他遵循的是《孙子兵法》中的法则。但这家伙只上过镇上的中学，根本没有军事经验。"

奈特将这个地方保持得出奇干净，地弄得很平，雪都被铲除了。但是现在地上铺满了松针和落叶，他被捕已经有五个月了。我清理出一小块地，然后刮掉些泥土——休斯曾这样建议——可以看见那熟悉的《国家地理》杂志，带黄色镶边的封面朝上，褪了色且被水浸泡坏了。封面文字仍然可以辨认（"扎伊尔河"），日期是一九九一年十一月。

杂志的页面已经脱落，但底下还有一期（"佛罗里达流域"，一九九〇年七月）。然后，一本接着另一本。往下一英尺深，还没到头。这些杂志用电工胶带捆成一个个厚包裹，奈特把它们叫作"砖头"。其他地方，被埋着用《人民》《名利场》《魅力》《花花公子》杂志做的"砖头"。奈特将他看过的读物充作铺地板的材料，营造了一个平台，既平整又能很好地排降雨水。

他铺了一层地毯在杂志上，作为起居室的地板。从警察拍的照片看，他家的墙壁是用棕色和绿色的油布以及几个黑色大塑料垃圾袋构成的。叠了一层又一层，就像屋顶的瓦片那样。用牵绳固定在树枝和汽车电池上，形成了一个A字形的建筑，足有十英尺高，十二英尺长，敞得很开，两头像是火车隧道。这是赏心悦目又富有美感的创造，外观上几乎像座教堂，色调则和森林融为一体。仅用油布和垃圾袋为材料，再难制造出比这更美观的东西了。

进入这个建筑物，离大象石最近的是奈特的厨房：科尔曼牌双炉头野营炉被搁在几个牛奶箱之上，一个绿色的五加仑水桶做底座。一条花园浇水用的软管，被改成煤气管道，接在炉子上并通到建筑物外的燃气罐上。炉子通过建筑的两个开口来通风。烹饪器具沿着厨房的墙壁被吊在绳子上——一口炒锅、一只马克杯、一卷厨房用纸、一把锅铲、一个过滤器和一口炖锅。每样器具都有自己的挂钩。几个老鼠夹守护着地板；一瓶普瑞来洗手液立在一个便携式冷藏柜旁。他的食品储藏室是个防啮塑料储藏箱。

厨房后面，朝向建筑物的另一头，是奈特的卧室所在地——一个圆顶尼龙野营帐篷被搭建在 A 形建筑里面，既多了一层防水保护，也为这个颜色艳丽的帐篷多了一层掩饰。在尼龙帐篷里，有更多的塑料箱子被用作储物空间。奈特说，他很不好意思带休斯和万斯看他的营地，不是因为里面都是偷来的东西，而是因为它不够干净。他那顶帐篷的四壁开始腐烂瓦解，使用时间一长就会出现这种情况。"就像你妈妈还没来得及收拾房子，就有人去她家拜访了。"奈特说。他已经拿了一个新帐篷，但还没搭起来。就像所有的房屋拥有者，奈特总是想着法子对它进行改进和翻新。在他被捕前，正计划在地毯和杂志砖之间加一层碎石，进一步防止雨水在 A 形建筑的地板上形成积水。

一块人工草坪门垫被放在帐篷的门口。奈特过的生活粗糙得难以形容，但他睡得相当豪华。他的床由一张双人床垫和带有弹簧床垫的金属床架组成，四个床脚被架在木块上，防止它们把帐篷底部戳出洞来。床上有床套和真的枕头——在他被捕时，他用的是汤米·希尔费格牌的枕套——睡袋则被堆叠起来用作取暖。

牛奶箱被当成床头柜，里面塞满了书和杂志。他有好几十块腕表、手电筒和便携式收音机。他拿了备用的靴子、睡袋和夹克衫。"我喜欢备用体系、重复配置和多种选择。"他解释道。他还设立了气象站，将一个数码接收器连接到外面的温度计上，因此他不用下床就知道外面有多冷。他的建筑物设计得如此完美，因此帐篷从来不会被弄湿。

在营地的边上，靠近厨房通向油布建筑的地方，一块表面平坦的矮石被充作奈特的洗涤区域，是洗澡洗衣服的地方。这里他储存了洗衣液、肥皂、洗发香波和剃须刀。就如他强调的那样，没有镜子。他喜欢偷阿克塞牌除味剂。二十七年里，他从没洗过一个热水澡，他就是把一桶桶的冷水从头上浇下去。

在洗涤区旁，他将一块油布扎到四棵树上，平坦而向下倾斜，这形成了一个巨大的承接雨水的漏斗——他把雨水保存在三十加仑的塑料垃圾桶里。他通常要存储六十到九十加仑，足够帮助他度过干旱的日子。在特别干旱的年份，他步行去岸边汲取湖水，湖水足够干净，可以饮用。当垃圾箱里的水因为毛虫粪便和落叶变得浓稠时（奈特把它们叫作"树的头皮屑"），他会在饮用前，用咖啡过滤器过滤一下，或者煮一下泡茶喝。

他的卫生间在营地的末端，离大象石入口最远，是由几根原木组成的露天深坑。奈特将一个卫生间工具箱放在室内，通常里面塞了一些厕纸和洗手液。就如他一再强调的，没有火坑，也没有被烧成炭的木块。

营地里最大的那些树被用作存储器皿。奈特将很粗的绳子缠绕在十几棵铁杉树干上，然后把东西塞进去——不同长度的电线、蹦极索、生锈的弹簧床面、塑料袋、剪刀、一管强力胶、一双工作手套和一把弯了的钥匙。"这把钥匙也许能当钩子用，或是螺丝刀，可以撬开某物。我不知道。我没法让自己扔掉任何一样东西。我是个节俭的人，一个变废为宝的人。"他在树与树间拉起晾衣绳，通常用来晒奈特的主要行头：黑色运动长裤、法兰绒衬衣、防水夹克和长裤。

他会把靴子套进短小的树杈，一个天然的晾衣架。他在一棵树上放耙子和雪铲；另一棵树上，放橄榄绿色的棒球帽和一顶灰色的钓鱼软帽。有些物件被放在那里时间太久，那些树就围着它们生长。一把羊角锤几乎被一根树干给吞噬了，没法拿下来，休斯说，这把锤子最能让他意识到，奈特已在此居住了多长的时间。

奈特明白，总是存在这样的可能性，有人会徒步经过此地，或从空中搜寻他，因此，他要么将所有可能在阳光下发光的物件蒙起来，要么将它们放在油布建筑物里面。他在塑料冷却器、金属垃圾箱以及意面锅的外部喷上一层迷彩漆。他不用雪铲时，就用黑色垃圾袋把铲头包起来收好，而铲子的手柄已被他裹了一层黑色强力胶带。燃气罐也被他罩上垃圾袋。他在好几处位置悬挂了带保护色的油布，因为这些位置的树叶脱落以后，有可能会暴露营地。他甚至将晒衣服用的衣夹漆成了绿色。

在他的营地里，有块地方略微高起，类似于门廊的地方，是一把绿色铝制草坪躺椅，椅脚的底部绑上了强力胶带，以防止椅子陷进松软的泥土里去。这把椅子，像营地里的所有物件一样，被摆放得恰到好处，与周遭融为一体，凸显了营地的静谧感。我们后来在谈到这点时，奈特对我的看法嗤之以鼻："你觉得我是在搞风水那一套？"

我在营地搭起自己的帐篷，然后坐在绿色的椅子上，花栗鼠在树丛里赛跑，橡子从树枝上掉落下来，像弹球珠。一阵风吹弯了那些大树枝，却只在营地里散落零星的几片叶子。

夜幕很快降临。青蛙在清嗓子；蝉声呼呼大作，像木工锯发出的声音；一只啄木鸟不停地啄食；最后是潜鸟的叫声——这是北方森林里的主旋律，响亮的鸣叫声，是一声大笑还是一记哭喊，得看你的心情如何了。一辆车碾过泥土路，一条狗在叫。有那么一会儿，可以听见人的谈话声，虽然声音太轻，不能够听清楚讲什么。

奈特的营地离其他人如此之近，他甚至不能够大声地打喷嚏。在他的营地，手机的接收信号不错。文明世界就在那里，热水澡和各种舒适的物质享受就在几步之遥。

天很快就真的黑了——眼睛闭上或睁开没什么区别——有什么东西穿过树林。是动物，也许体型不会大过一只兔子，但动静听上去像河马。从头顶的树枝缝隙里能看见若干星星，还有一弯咧嘴笑的弦月。一只鸟发出吱吱的叫声，然后一片寂静。

这是一种全然的寂静，不夸张地说，让我产生耳鸣，连微风都不怎么有。奈特，我想象他此刻蜷缩在自己的铺位上，耳边是监狱里乒乒乓乓的摔门声，我感觉自己是个入侵者，不是因为这是在私人领地上，而是因为来到了他的家。我退回到帐篷里，双脚冰冷，于是关掉手机，钻进睡袋。

此起彼伏的鸟叫声在迎接清晨的到来。我拉开帐篷的拉链。树顶上有层薄雾；蜘蛛网带着露珠闪闪发光，上下翻飞，如做翻绳游戏。树叶子懒洋洋地落下。秋天来了，空气闻上去充满活力。我打开手机，意识到自己休息了十二个小时，这是近年来最长的一次睡眠。

12

奈特在林子里待了整整四分之一个世纪，之前他从未有过在帐篷里过夜的经历。他在阿尔比恩村长大，这个村子在营地的东面，开车不到一小时即可到达。村里有两千村民，养着四千头牛。克里斯是乔伊斯和谢尔登·奈特的第五个孩子，他前面有丹尼尔、乔尔、乔纳森和蒂莫西，都是男孩；他还有个妹妹，叫苏珊娜。据克里斯说，他妹妹患有唐氏综合征。乔伊斯在家照看孩子们，谢尔登在一家乳品厂工作，负责清洗油罐卡车，他曾在韩国服过役，是海军退伍兵。他们住在一幢很普通的两层楼农舍里，门前带一个封闭式的门廊。房子四周是一块六十公顷的林地，长有苹果树和覆盆子灌木。

奈特家的孩子要干传统的家务活。"我们是乡下人。"克里斯说。为了给家里的炉子供应柴禾，他们劈柴；为了给乔伊斯提供做果冻和果酱的原料，他们采集浆果；此外还要照看家里两公顷大的园子，用拖拉机来耕种园子里的地。

在父亲的指导下，克里斯和他的兄弟们学会了修理坏掉的东西，从电器到汽车，并搭建自己想要的东西。其中一个家庭项目就是简易小屋，由谢尔登设计，建在自家地里的柏树间。它既实用又美观。四面墙是用石头砌成，每块石头都由男孩们一块块收集起来，然后仔细地堆放好，再用水泥进行加固。炉子是用容量五十五加仑的油桶改建的，采用自制的管道来进行通风。在猎鹿季节，这小屋是个理想的住处。

奈特家傍晚的时间都用来看书，两个大人各自坐在摇椅里，手里捧着书。一位世交凯瑞·维格说，屋里看上去像个图书馆。奈特一家订购了很多杂志，如《有机花园》和《大地母亲新闻》，他们拥有整个系列的《狐火》书籍，里面详细介绍了各种技能，例如如何晒制兽皮、如何养蜂。克里斯说，他熟读不少"时代-生活"历史丛书，这些书可以在小学图书馆借到。

乔伊斯和谢尔登希望看到儿子们学习成绩优秀，他们如愿以偿。曾在这所中学工作的老师还有同学都认为奈特家的男孩格外聪明，"一家子都是聪明勤奋的人。"有人这样回忆道。克里斯提到，最受父母青睐的并不是优异的成绩，而是"美国人的心灵手巧"——要把聪明劲用在工作上。"坚韧优于强壮，机灵盖过聪明，"他复述他们家的格言，"我坚韧而机灵。"

这一家时不时地试验新品种，以扩大收成。他们种土豆、豆子、南瓜和玉米。"就是一些基本的粮食，用来填饱一群男孩的肚子。"克里斯说。

奈特一家也研究热力学，并建了一个小小的暖房，他们把几百个容量一加仑的牛奶壶灌满了水，埋在地下，从而建了一个散热器。根据水分子的特性——化学家称为"有黏性的"——水可以存储的热能是土壤的四倍。白天，被埋在奈特家暖房里的水吸收热量；傍晚，水慢慢释放出能量。利用这个系统，他们整个冬天都可以种粮食，暖房供热也无需向电力公司支付半分钱。"在我们家，"克里斯说，"自学和自我提升的能力非常强。"

用钱方面是紧张的。谢尔登每次回家，如果身上有硬币的话，都会把它们扔进一个咖啡罐里。第二天早上，乔伊斯会在孩子们上学前把钱分给他们买牛奶喝。他们从来不会扔掉小块金属和零件。

克里斯将家人描述成"酷爱私密"。他恳求至少在他被关押期间，不要去联系或打扰他的家人。奈特一家只和少数几个朋友和亲戚往来，几乎再没有别的人了。生物学家发现，独处的渴望部分是遗传基因造成的，并且某种程度上是可以被测量的。如果你的催产素水平较低——有时它被称作社交能力掌控者——而血管升压素水平较高的话，会压抑你对爱的需求，使你倾向于不太需要人际交往。

"我们每个人都从父母那里继承了一定水平的社会融入需求。"约翰·卡乔波在他的书《孤独》中写道。卡乔波是芝加哥大学认知和神经系统学中心的主任，他说人人都天生拥有"渴望联结的天然恒温器"。克里斯·奈特的恒温器一定是设置在零附近。

谢尔登，即奈特的父亲，死于二〇〇一年，克里斯在被捕以后才得知此事，距离父亲的死已经过去十几年了——但是乔伊斯，现年八十几岁高龄，仍然和他妹妹一起住在当年的那所房子里，负责照顾他妹妹。最年长的儿子丹尼尔，比克里斯大十岁，住在附近的双单元组合房车里。离他们最近的邻居约翰·博伊文说，他住在奈特家隔壁已经有十四年了，却没有和这家任何一个人打过招呼。有时候，博伊文看见乔伊斯在取报纸，而苏珊娜，已经有几十年未出现在公共场合了。

"我认识阿尔比恩村的所有人，"阿曼达·道说，她在当地市政厅工作了近二十年，"但我说不上来他们是怎样的人。"认识谢尔登的人无一例外地将他描述为性格内向。鲍勃·米利肯，阿尔比恩村的奶农，也是谢尔登的远方表亲，说奈特一家"聪明、诚实、勤奋、自给自足、受人尊敬，并且沉默寡言"。米利肯又说道，偶尔有那么几次，他确实和那家的某个人搭上了话，但他们"谈的总是天气"。

克里斯认定他有一个美好的青少年时期。"无可抱怨。我有很好的父母。"这个家里没人违法乱纪。奈特的两个哥哥，乔尔和蒂莫西来监狱探望过他，这家里唯一两个来探监的人。克里斯承认自己没认出他们来；只有乔尔的声音听上去很熟悉。两个哥哥说，他们常常想知道克里斯遭遇了什么。曾经猜想他已经死了，但从没有跟母亲说过这种想法。他们一直想要给她克里斯还活着的希望。似乎是要安慰她。他们说他也许在得克萨斯州，或者在落基山脉，甚至在纽约。

很显然，克里斯的家人从来没有为他的失踪而报过警。他们没有提交过失踪人口报告。"他们认定我离开是要独自去做些什么事。"克里斯说，"去冒险。我们北方佬，想法就是和常人不一样。"休斯警官说，得知奈特一家没有惊动政府部门，并没有感到很吃惊。"他们是缅因州的农户，"他说，"保守自闭的人。"

孩提时代，每当紫丁香花开时，克里斯会采一束来给他母亲。"我喜欢它的香味和颜色，它是春天开得最早的花。我记得当时是感觉发现了新事物。"他说。此外，很少有明显的爱意表达。"一直以来我们都不觉得事事需要沟通，"克里斯继续说道，"我们完全不会向对方索取情感。我们不感情用事。我们不习惯用肢体语言公开表露感情。在我们家，男孩子从不表达情感。我们依赖于无需言语沟通的相互理解。"

从小认识克里斯的人都称他"安静""害羞""书呆子气"，但没人觉得再有什么不对劲的地方了。"我没觉得他有那么古怪。"杰夫·杨说，他和克里斯从小学、中学到高中都是同学，并且一起坐公交车。"他是个又顽皮又聪明的孩子，而且很有幽默感。"奈特也会玩高中生那种荒唐的恶作剧。杨回忆，他们曾一起参加驾驶课，有一次，克里斯故意将车开得很靠路边，车子擦到了路边的一些灌木。因为刚刚下过一场雨，而那位教练员坐在副驾驶位上，又开着窗，给弄得一身湿。

奈特一家从不去滑雪；他们不吃大龙虾。"不是我们的社会经济学。"他们拥有雪地鞋，那种长长的木鞋，绑定牢固；他们在当地的河里用活的鱼饵钓鱼。冬天，他们会去一个亲戚在北方森林里的狩猎区，奈特家的男孩们会骑雪地摩托车直至凌晨一两点。

有一次，克里斯和他哥哥乔尔去玩跳伞。他们听从指挥，坐一架小型飞机起飞，然后跳出去。克里斯这辈子就坐过这一次飞机。"因此我曾坐飞机起飞过，却从没着陆过，多有意思。"

作为家里最小的儿子，克里斯当然被哥哥们戏弄过。他们授予他"法德"的昵称，也许是随卡通人物艾默尔·法德起的名，法德是《邦尼兔》里的乡巴佬。克里斯讨厌这个名字。他的父母要求很严格——不准熬夜，要按时完成回家作业，不准吃垃圾食品。一位表兄，凯文·纳尔逊告诉《肯纳贝克日报》，他过去经常骑车去奈特家给男孩们带吃的。"他们会从窗户里垂下一根绳子，然后把一大袋零食吊上去。"纳尔逊说，"我相信他们从没喝过汽水。"

谢尔登爱好打猎。他的讣告被登在《清晨哨兵报》上，其中有四个字是描述业余生活的——"喜欢猎鹿"。他的床底下保留着一张熊皮小地毯，来自他打的一头黑熊。有时候，克里斯会跟父亲一起去打猎。"有几次狩猎旅行，我睡在皮卡后面，"他说，"但从来不是一个人，也不是睡在帐篷里。在家时我睡在自己床上，我父母清楚地知道我就在那里。"

克里斯曾是缅因州合法猎鹿活动的大赢家，运气很不错。他十六岁那年和父亲去加拿大边境附近的林子，父亲借给他一把温切斯特.270栓式步枪。克里斯打中了一头重七百五十磅的雌性麋鹿，然后自己动手把它收拾好。"我很自豪。我的持枪证，我打中的。那一年我们吃得不赖。"

在劳伦斯中学，克里斯班上有两百二十四名学生，克里斯让人感觉是"隐形的"。他不参加任何活动，不玩体育项目，不加入任何俱乐部。他从来不去看橄榄球比赛，也没去参加毕业舞会，虽然"据他自己说确实有'两三个'朋友"。他的同学拉里·斯图尔特回忆道，他确实和克里斯一起出去玩过几个晚上。"有个晚上，我记得特别清楚，"斯图尔特说，"我们开着某人的车到处转，克里斯坐在后排座位上。我们做了些缅因州小孩都会做的事——没被奶牛或什么东西给绊倒，但也许偷拿了某人的啤酒，或一边在老广场兜风，一边听'外国佬'和'史密斯飞船'的音乐，然后去麦当劳什么的。克里斯聪明友善，我从来没觉得他很古怪，但谁知道到底怎么回事呢？我们缅因人，有自己的做事方式。我们喜欢把自己和家人捂得严严实实的。"

有一天，克里斯和杰夫·杨决定逃课去钓鱼。"我们前一天就计划好了，"杨说，"把钓竿带到了学校。就我们两个人，我觉得他不喜欢和太多人在一起，这我不怪他。我们走了三四公里，目的地是赛伯斯蒂库克河上的那座老桥。但我们最终没去成。"谢尔登一定是起了疑心，他开着那辆红色的道奇牌卡车从我们身边经过。杨注意到，克里斯很敬重他父亲，也许还有点怕他。一句话也没说，克里斯就上了父亲的卡车，离开了。

高年级期间，克里斯像大多数公立中学的学生一样，参加了"狩猎安全和户外技能"的课程。他学会了如何看指南针、如何建造一处临时住房。"有件事一直在我脑海里，"他的老师布鲁斯·希尔曼说，"我告诉每一个孩子，在野外，生死攸关之际，你看见一所营房，破门进去是可以的。这在缅因州是可以接受的。我也有一个度假屋，我总是会在离开时留下一些干粮，以备万一有人用得着。你万万想不到这会对某个孩子产生什么影响。我说的是两至三天的野外求生，而不是二十年。"

二十世纪八十年代初期，已经有了第一代个人电脑，奈特很是着迷——也许有人期待他是个技术恐惧者，他其实是个电脑技术的早期应用者。根据年鉴记载，他打算成为一名"电脑技术人员"。"他的绰号，也叫'奈特'（意为：骑士）。"他最喜欢的科目是历史。

"我讨厌体育，"他说，"我讨厌体育老师。伍迪·艾伦有句台词怎么说来着？'做不了事的人，教书；教不了书的人，教体育。'为了逃体育课，我去自修室，我逃过了中学四年的体育课。我身体健康，身材比一般人都高，只是不喜欢和别人一起玩。参加体育课，让我觉得自己陷进《苍蝇王》的剧情里了。你真想看到我打排球么？"

毕业以后，奈特报名参加了西尔韦尼亚技术学校为期九个月的电子课程，这所学校在马萨诸塞州的沃尔瑟姆市，毗邻波士顿。这门课程包括电脑维修，他的两个哥哥也报名了。课程结束后，他留在了沃尔瑟姆，在当地找了一份安装家用和汽车警报器的工作，这些知识对他日后的入室盗窃生涯非常有用。他在一所房子里租了间房，买了辆新车，这是一辆白色的 1985 斯巴鲁布拉特。哥哥乔尔为他联名担保了贷款。"他为我做了这么好的一件事，我却因此坑了他，"奈特说，"我仍然欠他的。"

他工作不到一年，突然间，没和老板打声招呼就辞去了安装警报器的工作。据这家人多年的老朋友凯瑞·维格说，奈特再也没有归还工作器械。老板很生气，和克里斯的家人联系，向他们索要几百美元，作为失踪工具的补偿，并威胁说，如果不赔，就法庭见。维格回忆说，克里斯的父母最终赔了钱。

与此同时，克里斯兑现了最后一张薪水支票，离开了小镇。他没告诉任何人要去哪里。"我没有人可以告诉，"他说，"我没有朋友。我对那些同事没有兴趣。"他开着那辆斯巴鲁车向南而去。那年他二十岁。一路上吃快餐，住便宜的汽车旅馆。"我找最便宜的那种。"独自行驶了几天，不知不觉已进入佛罗里达州。他没有提到中途曾停车去过什么旅游景点，如博物馆或海滩。他大概一直沿着洲际公路走，显然他坐在车内，除了在玻璃和铁皮的包围下观察这个世界，其他什么也没做。最终，他调转车头，向北而去。他收听广播，那时的总统是罗纳德·里根，切尔诺贝利核事故刚刚发生。

这是克里斯这辈子第一次也是唯一的一次公路旅行，这次开车旅行让克里斯产生了变化。他向北行驶，穿过佐治亚州、南卡罗来纳州、北卡罗来纳州和弗吉尼亚州，年轻气盛的他，忘情地享受着"驾驶的快乐"，然后想明白了一点，并且做出了决定。他这一辈子，一个人独处时才感到舒服。和人打交道是如此让人感到沮丧。每次和另一个人见面，都像是一场冲突。在行驶过程中，他的内心也许感到恐惧和激动，仿佛是身陷绝境，并马上要进行一次大飞跃。

他继续回头一直向缅因州开去。这个州的中部仅有几条公路，他选择了从家门口经过的那条。这不是巧合。"我想最后远远看一眼，说声再见。"他没有停车。他最后一次见到他家的房子，是透过那辆斯巴鲁布拉特的车窗玻璃看到的。

他继续走，"一直走，一直走。"很快他到达了慕斯海德湖，缅因州最大的湖，接近这个州最偏远的地带了。"我开到几乎快没有油了。然后选了一条小路走，拐入更小的一条路，然后就没有路了。"他进入了荒野，他的车已经没法载着他前行了。

他停下车，把钥匙放在中央控制台上。他有顶帐篷和一个背包，但没有指南针和地图。不知道要去哪里，也没有具体目的地，他走进森林，离开了。

13

　　但为什么？为什么一个二十岁的年轻人，有工作、有车，人又聪明，要弃这个世界而去？这个行为有自杀的成分在里面，就差没亲手杀死自己。"对这个世界来说，我不存在了。"奈特说。他的家人一定很痛苦；不知道他出了什么事，完全不能接受他死了。他父亲死的时候，距离奈特失踪已经有十五年，但在讣告上，奈特仍被列为在世者。

　　作为社会的一员，他在最后一刻的表现显得尤其古怪——"我仅仅是把钥匙扔在控制台上了。"奈特自小在爱惜钱财的环境里长大，这辆布拉特是他买过的最贵的物品。车才开了不到一年，他就扔掉了。为什么不留着钥匙以防万一呢？要是他不喜欢在外露营呢？

"这车对我来说没用了。它几乎没油了，离加油站又很远。"这辆布拉特还在原地，一半已经被森林给吞没了，连同里面那串钥匙。从这一点上说，它既是荒野的一分子，也是文明的产物，也许，就像奈特他自己。

奈特说，他不知道自己为什么离开。他对这个问题想过很多，但从来没想出个结果来。"是个奥秘。"他声称。说不出有什么具体的缘由——没有童年创伤，没有性虐待。他家里没人酗酒或有暴力倾向。他没想隐藏什么，也不是要掩盖什么做过的错事，或是逃避性别困惑。

但不管怎样，上述的这些困惑通常不会制造出隐士。隐士的称呼有多种多样：遁世者、和尚、厌世者、苦修者、隐修者、哲人——除了想要独处的愿望是一致的，没有其他确切的定义或资格标准。有些隐士能容忍常年有访客，有些居住在城市，有些则滞留在大学实验室里，但是你真的可以将历史上所有的隐士大致分成三类，来解释他们为什么避世：抗议者、朝圣者和研究者。

抗议者弃世的主要原因是他们憎恨这个世界。有些隐士是因为战争，有些是因为环境遭受破坏、犯罪行为猖獗、消费主义盛行或贫富差距加剧这些问题。这些隐士常常不明白这个世界为什么如此盲目，看不见我们正在对自己做什么。

"我成了个隐士，"十八世纪法国哲学家让－雅克·卢梭写道，"因为对我来说，最凄凉的隐居也好过跟那些奸佞小人为伍，他们的心中只有背叛与仇恨。"

在整个中国历史上，为了抗议无道昏君而在深山老林里避世隐居，是屡见不鲜的事。那些避世的人通常来自上层阶级，并受过良好教育。在某些历史时期，抗议隐居者在中国是如此受人尊敬。据说，英明的君主在寻找继任者时，会绕开自己的家人，却选一个隐士。但大多数人会拒绝这个邀请，因为他们已经在隐居中找到了安宁。

第一本关于孤独的伟大文学作品《道德经》成书于中国古代，大约在公元前六世纪由老子所写。这本书短短八十一章，描述了远离社会并与自然和谐共处的乐趣。《道德经》认为只有通过退让而不是争先，通过无为而不是有为，我们才能获得智慧。"故知足之足，常足矣，"《道德经》说，"祸莫大于不知足。"这些诗篇仍在被广泛阅读，两千多年来一直被视作隐士宣言备受尊崇。

如今，约有一百万抗议隐士在日本生活着。他们被称作"蛰居者"——"向内求索"——大部分人是男性，十八九岁或更年长，他们抗拒日本社会激烈而刻板的高压锅式竞争文化。他们退回到童年时代的房间，并且几乎从不露面，很多时候超过十年。父母把饭菜送到他们房门口，心理学家为他们提供在线咨询。媒体把他们叫作"迷失的一代"或"消失的百万人"。

朝圣者——宗教隐居者——是人数最多的一个群体。隐居和精神觉醒之间有很深的关联。拿撒勒的耶稣，在约旦河受洗后，退回到荒野，独自生活了四十天，接着开始吸收门徒。传说在公元前四五〇年，乔达摩·悉达多坐在印度的菩提树下，冥想了四十九天，然后成了佛。据传在公元六一〇年，先知穆罕默德退居麦加附近的一个山洞里，天使向他透露了众多韵文中的第一首，而那些韵文就是《古兰经》。

在印度哲学里，人人最终都会成为隐士，成为圣人，宣布放弃家庭关系和身家财产而转向敬拜仪式，这是生命的第四阶段，也是最后阶段。一些圣人亲手归档自己的死亡证明，因为他们的生命已被视作结束，对印度这个国家来说，他们在法律上已经死亡。今天，印度至少有四百万个圣人。

中世纪时，继"沙漠教父和教母"在埃及绝迹后，一种新的基督教隐居形式出现了，这一次是在欧洲。他们被叫作"隐修者"——这个名字源于古希腊词"退避"——他们独自居住在一个黑暗狭小的房间里，这个房间通常连着教堂的外墙。新隐修者的加入仪式通常包含临终祈祷，小房间的入口有时是用砖给封死了的。隐修者需要在他们的小房间里度完余生；有时候，他们会这么坚持超过四十年。他们相信这种生存方式可以和上帝亲密接触，并得到救赎。仆人通过一个很小的口子为他们递送饭食和倾倒便壶。

事实上，法国、意大利、西班牙、德国、英国和希腊的每一个大城市都曾有隐修者。在很多地方，女性多于男性。在中世纪，女性的生活被禁锢得很严，成为隐修者就可以从社会所施加的苛刻要求和繁重的家务劳动中解脱出来，也许会让人感受到一种似是而非的解放。学者将她们称为现代女性主义的先驱。

研究者是最现代的隐士。他们不像抗议者那样逃离社会，或像朝圣者一般生活在对神的感恩中，研究者寻求独处是要找寻艺术的自由、科学的洞见或更深入地了解自我。梭罗去瓦尔登湖区开启心灵之旅，是想要探索"内心之海，人生的大西洋和太平洋"。

无数作家、画家、哲学家和科学家被描述成隐士，包括查尔斯·达尔文、托马斯·爱迪生、艾米莉·勃朗特和梵高。《白鲸》的作者赫尔曼·梅尔维尔远离公众生活长达三十年。"所有深刻的事物,"他写道,"是在沉默中和沉默后出现的。"弗兰纳里·奥康纳很少离开她在佐治亚的农场。阿尔伯特·爱因斯坦把自己说成是"日常生活的孤独者"。

美国散文家威廉·德雷谢维奇写道:"没有孤独,无法产生真正的卓越,无论个人或社会,无论艺术、哲学、科学还是道德。"历史学家爱德华·吉本说:"孤独是天才的学校。"柏拉图、笛卡尔、克尔凯郭尔和卡夫卡都被描述成孤独者。"非要等到我们失去这个世界,"梭罗写道,"我们才开始找寻自己。"

"梭罗,"克里斯·奈特对这位超验主义者做出了自己的评价,"是个业余爱好者。"

也许,他是的。梭罗于一八四五年开始,在马萨诸塞州瓦尔登湖旁的小屋里待了两年零两个月。他在康科德镇参与社交,经常和母亲共进晚餐。"我住在林子里期间,来访的朋友比其他时候都要多。"他写道。在其住地举办的一个晚宴多达二十人参加。

奈特住在林子里的时候,没觉得自己是个隐士——他从来没有给自己贴过一个标签——但说到梭罗,他用了特别的措辞,他说梭罗不是一个"真正的隐士"。

梭罗最大的罪过也许是出版了《瓦尔登湖》。奈特说,写一本书，把自己的思想包装成一件商品，不是一个真隐士会做的事。举办宴会、在小镇上与人谈笑风生也一样。这些举动都是指向外部、面向社会的。从某种意义上说，它们都在大喊："我在这里！"

然而，几乎每个隐士都和外部世界进行沟通。在《道德经》之后，中国有这么多抗议隐士写过诗歌，如诗僧寒山、拾得、丰干和石屋，这个流派的诗被称为"山水诗"。

圣人安东尼是首批沙漠教父之一，他鼓舞了成千上万的基督徒隐士跟随其后。在大约公元二七〇年，安东尼搬到埃及的一个空墓穴里，在那里独自居住了十多年。然后他在一个废弃的堡垒里又住了二十多年，仅仅靠侍从提供的面包、盐和水来维生。他睡在光秃秃的地上，从不洗澡，将自己整个生命都投入到强烈但往往又痛苦难忍的虔诚敬拜之中。

为他立传的作者亚历山大港的圣阿萨那修斯，曾与他会过面，据他说安东尼以一颗纯净的心灵结束苦修，将会进入天国。但这本传记又说，在沙漠的绝大多数时间里，安东尼都被前来咨询的教区居民所包围。"人群，"安东尼说，"不允许我独处。"

即便是中世纪那些把自己终身禁锢起来的隐修者，也不是完全脱离社会。他们的小房间通常位于镇上，大多数开一扇小窗，经由这个窗口，他们给来访者提供咨询。人们觉得比起向遥远而无畏的上帝祈祷，和一位富有同情心的隐修者交谈更让人感到舒心。在很多个世纪里，隐修者作为圣徒声名远播，欧洲有很多人和隐修者讨论生死大事。

在森林里，奈特从没拍过一张照片，也没有客人过来共进晚餐，更没有写下过一句话。他完全背向这个社会，无法将他恰如其分地归入任何一个隐士类别。没有确切的解释。有些连他也不很明白的东西以一种持久的引力将他拖离这个世界。克里斯多夫·奈特是一个真正的隐士。

"我无法解释我的行为，"他说，"我离开时，没有计划，也没在思考什么。我就那么做了。"

14

　　奈特其实是有计划的。或许是计划走向了反面。但不管怎样，他有个目标：迷失。不仅仅是迷失在这个世上，而且实际上是独自迷失在这林子里。他只带了些基本的露营装备，几件衣服和一点食物。"我带上了我所有的东西，"他说，"没别的了。"他把钥匙留在车里，然后消失在森林里。

　　要在林子里迷路不那么容易。任何具备基本户外技能的人大致都知道自己的行进方向。太阳将西面的天空染得通红，自然就可推断出其余方向。奈特知道他正在朝南走。他说自己心里没有明确的打算，只是感到自己像信鸽一样被牵引着。"想得不多也不深，是出于本能。动物有一种要回到故土的本能，回到主场，回到生我养我的地方，那就是方向。"

缅因州被分割成一连串南北走向的狭长山谷，这些山谷是冰川起落留下的地理爪印。一列列的山脉将山谷分隔开来，仅仅一千两百万年前，阿巴拉契亚山脉比落基山脉还要雄伟，但现在这些山脉像一个个饱经风霜又秃了顶的老人。奈特到达时，正处于湿润的夏季，谷底分布着池塘、湿地和沼泽。

"我大部分时间都走山脊，"奈特说，"有时候为了从一个山脊走到另一个山脊得越过沼泽地。"他按自己的行走方式，沿着碎石满地的山坡和泥泞的泰加林走。"很快我就不知道自己在哪里了，但我并不在意。"事实上，缅因州的每处自然地貌，从池塘到山峰都有名字，但奈特视这些名号为人类的负担，宁可不去了解。他尽可能地追求避世的纯粹性。"不要留下痕迹向别人宣告'你在这里'，要么是旱地，要么是湿地。我知道脚下是何地，但不知道自己身在何地。噢，我说得有点儿玄乎了，是吧？"

他摆脱了社会法则的束缚，成了自己那一片丛林的主宰，独自迷失在森林里——既是梦想，也是噩梦。对此，奈特基本上是喜欢的。他会在一个地方安营扎寨，待上一个星期左右，然后继续向南而去。"我不断地走。"他说，"对自己所做的选择感到满意。"

一切都满意，只有一件事除外：食物。他很饿，他真的不知道将如何养活自己。他的离开，既夹杂着令人难以置信的追求，又完全缺乏深谋远虑，如此行事在二十岁的年纪实属正常。就好比他在周末外出野营，二十几年都没回家。他对打猎和钓鱼都很在行，但身边既没有猎枪，也没有钓竿。他不想死，至少那时不想。

他的想法是"寻找"食物。缅因州的荒野景色宜人，也很辽阔，但并不慷慨。没有果树，浆果的生产季大概只有几天。不靠打猎、设陷阱或捕鱼维生，你就得饿死。奈特按他的路线继续走，吃得非常少，直到一条人造公路出现了。他发现一只被车撞死的山鹑，因为没有炉子，也没法轻易生个火，因此他就生吃了。这顿饭既不美味也不丰盛，而且很容易生病。

他沿途经过那些带园子的房屋。奈特自小接受的教育是不能越雷池一步，要非常有骨气。要靠自己想法子渡过难关，永远如此。不接受他人施舍或政府补助，永远。知道什么是对的，什么是错的，是与非的界线非常明确。

但是试试十天不进食看——几乎所有人的自我约束都会

被侵蚀掉。饥饿是很难被忽视的。"消除内心的顾忌需要一些时间。"奈特说，但是一旦等到心理防线坍塌，他立刻就掰了几个玉米棒，刨了一些土豆，并吃了些绿叶蔬菜。

在离开的最初几周里，有一次，他在一间没人的度假屋里过夜。那是一次痛苦的经历。"这种睡不着担心被抓的压力，使我决定以后再也不这么做了。"这之后，他再也不睡在室内，一次也没有，不管天有多冷，雨下得有多大。

他继续南行，寻找园子，最终到了一个地方，那里分布着一些熟悉的树木，有他认得出的各种鸟叫声和虫鸣声，还有他所适应的气温。越往北，天气越冷。他不确定自己的确切位置，但他知道这里是他的主场——其实，离他儿时的家直线距离不到三十英里。

他途经两个湖泊，一大一小，周围都是度假屋，还有很多小园子，很容易从中觅到零食。奈特很想待上一阵子，但那里似乎没有合适的地方安营扎寨，没有一个地方既舒适又隐蔽。

奈特在逃跑之初，所学到的一切都来自于尝试和犯错，他极不希望因疏忽而暴露行踪。他天生具有很好的头脑，能从复杂的问题里找出可行的解决方案。他所有的技能，从搭建油布棚，到过滤雨水，到不留痕迹地穿越森林，无不经历了多种方式的尝试和检验，但没有一种被认为是完美的。不断地对体系进行修修补补是奈特的一大爱好。

有一段时间，他住在河岸上。这个河岸又高又陡，河水流动的声音能传出好远。他用一把偷来的铲子，向河岸内侧挖了一个很深的通道，然后用废弃的木头加固墙壁和天花板，那样，住处看上去像个废旧的矿井，但是它不合人意。那基本上等同于住在洞穴里，又冷又潮，而且几乎没有空间可以让人坐直身子。这个洞穴的隐蔽性很好，但四周的树林很容易成为人行通道。果然，在奈特离开很久以后，这个地方终究是被猎人发现了。这个洞穴成了当地人解开隐士之谜的朝圣之地，但没有一个人确信它真的是奈特所建，或者真有隐士其人。

在几个月里，奈特在这片区域至少尝试了其他六个住处，但没一个令人满意。最后，他偶然发现了一片环境极其险恶的林子，里面布满大卵石，甚至没有一条猎道从这里穿过，而对徒步旅行者来说，这里的环境实在过于艰险了。他找到这片"毛衫林"后，立刻喜欢上了。后来他发现了大象石之间隐蔽的开口。"我立刻觉得它很理想，我就在里面定居了。"

他仍然很饿。希望能吃些蔬菜以外的东西，但是即便他肯一直盯着园子里的菜吃，正如当地人都知道的那样，缅因州的夏天，这位可爱的稀客总是早早就告辞。奈特知道，夏季一结束，接下来的八个月，蔬菜园和玉米地就进入了休耕期，到时连零食也吃不到了。

奈特认识到一件事，也是历史上所有隐士都明白的事：你不可能总是独自生活。你需要帮助。隐士常常终老在沙漠，或深山老林里，但这一类的地方几乎不可能自行生产所有粮食。

为了养活自己，一些沙漠教父编织芦苇篮子，由助手拿去镇上卖，然后拿卖篮子的钱去买口粮。在古代中国，隐士通常是僧人、草药郎中和占卜师；而英国隐士有收费员、养蜂人、砍柴工或订书匠。很多隐士是乞丐。

十八世纪的英国，在上层阶级里流行一种时尚。有些家庭觉得他们的身份需要一位隐士，于是在报上刊登广告招"名誉隐士"，这个人需不事修饰，愿意睡在洞穴里。这种工作的酬劳颇丰，有成百上千的隐士受到雇佣，合同期限通常为七年，包括每天供应一顿饭食。他们中有些人甚至会出现在主人的晚宴上，迎接客人。这个时期的英国贵族相信隐士传播善意和体贴之情，在好几十年的时间里，将一名隐士供养在身边是受人尊敬的事。

当然，奈特觉得任何人的自愿帮助都会令整件事变味。要么隐居，要么不，没有中间立场。他希望无条件地独处，将自己放逐到一个自创的孤岛上，构建一个与世隔绝的单人部落。只要打一通向父母报平安的电话，就瞬间和外界有了连接。

奈特注意到，池塘周围的度假屋安保措施很少。窗户经常是开着的，甚至主人远行时也是如此。树林为此地提供了很好的掩护，这一带只有为数不多的几户常住居民，淡季一来临，这里很快就会空无人烟。不远处还有个夏令营，里面有食品储藏室。要成为一个狩猎采集者，最简便的法子是显而易见的。

因此奈特得出了结论。他决定行窃。

15

被逮捕前曾上千次地破门行窃，算是一个世界纪录，完成这样的纪录需要耐心、胆量和运气。同时也需要对人有特别的了解。"我寻找模式，"奈特说，"每个人都有模式。"奈特守在林子边，一丝不苟地观察北塘的住户，从他们安静地吃早饭到热闹地举办聚会，从有客来访到人去楼空，他还观察公路那些来来往往的车，如动物学家珍·古德尔那样观察。一切皆入眼底，却没什么可以让他打道回府。

他说自己决不是窥探狂。他的监视既客观又精确，只是为了获取信息。他不知道任何人的名字。只是要摸清人们的活动模式——什么时候外出购物，什么时候屋里没人。观察这些住户如何进出，就能知道什么时候下手。

接着他说，在他的生活里，一切都只是时机问题。理想的下手时间是在深夜，一星期的中间两天，阴天会比较理想，雨天最好。如果下倾盆大雨，那就再好不过了。天气不好，人们不会来林子里，奈特不希望撞见人。尽管如此，为了以防万一，他依然不在公路或者小径上行走，他从不在周五或周六外出洗劫，湖边的喧闹声明显飙升，他知道周末已来临。

长久以来，他感到为难的是"月亮问题"。有段时间，他选择在月圆时分出动，那样可以利用月亮作为光源，就基本无需手电筒了。后来他怀疑警察在加大力度搜寻他，而他自己对这个林子已相当熟悉，于是就改在完全见不到月亮的日子出动，宁愿让黑夜替他做掩护。他喜欢时不时地改变方法，甚至不断地变更频率。他不希望自己也建立起一种模式，但是外出洗劫的日子，他一定选在刚刚刮过胡子或衣着干净的那几天，养成这个习惯，是怕万一被人撞见，可以减少别人对他的怀疑。

据奈特统计，至少有一百所小屋被他光顾过——"一百也许是保守数目。"——除了那个幸运的松树营厨房，他曾不断往返于那些被他入侵过的度假屋。理想的状况是，小屋内部储备丰富，而房主们要周末才到来。很多时候，他清楚地知道抵达某所小屋需要走几步路，一旦锁定目标，他就不撒手了，来回穿梭于林中，风格有点像"人猿泰山"。"我有森林知识。"奈特承认道，用了个优雅的术语。

有时候，他去一个较远地方，或需要很多燃气罐或一个替换用的床垫——他的床垫偶尔会发霉——乘船是比较简便的方法。他从没偷过一艘船。如果偷船，藏匿会很困难，船主还会报警。借用更容易；在湖的四周，有很多船可供选择，有些船被搁在锯木架上，很少被使用。即便有人怀疑自己的船被借用过，但完好无损地被归还了，几乎没人会因此报警。

奈特能到达两个湖周边的任何一户人家。"划上几个小时的船，总之，无论需要做什么，我都觉得没什么。"如果水面波涛汹涌，他会放几块石头在船头，以保持船体平稳。他通常都贴着岸边行驶，在树木的掩护下，隐身于湖岸的剪影之中，但是偶尔，在一个风雨交加的夜晚，他得从湖的中央划过去，独自一人在黑夜里，任由暴雨鞭挞。

到达选定的小屋后，他得先确定车道上没有车，没有迹象表明屋内有人——都是些显而易见的事。这些还不够。入室盗窃是运气活儿，是重罪，容不得差错。只要犯下一个错误，外面的世界就会把他抓回去，因此他蹲在暗处，静静守候。

两个小时、三个小时、四个小时，甚至更多。他需要确信四周无人，无人监视，也无人报警。这对他来说一点也不难。耐心是他的长项。"我喜欢待在暗处。伪装是我的本能。我喜欢那些能把我和周围环境融为一体的颜色。"他从来不冒险进入常年有人居住的小屋——变数太多——他总是戴一块手表，以便掌握时间。奈特，像吸血鬼一样，不希望天亮以后还待在外面。

有时候，尤其是在最初几年，有些小屋是不上锁的。这些小屋是最容易进入的，但很快其他一些地方，以及后来的松树营冷藏室，进入也很容易——奈特拥有了它们的钥匙，这些钥匙是在前一次破门进去时找到的。为了不随身带着一串叮当作响的钥匙行走，他把每把钥匙都藏在对应的那所房子附近，通常是一些不起眼的石头底下。他设置了几十处这样的藏匿点，从没有忘记过一个。

他注意到，有些小屋留出了纸和笔，要求他提供一张购物清单，而其他人提供给他一袋袋的书，悬挂在门把手上。但他害怕有陷阱或诡计，或者开始任何形式的通讯往来，即便是一张购物清单，因此他让一切原封未动，于是这股风气就消散了。

强行进入小屋时，奈特大多是在门锁和窗锁上动手脚。他总是携带着破门用的工具，那是一个健身袋，里面装着一系列的螺丝刀、扁条和锉刀。只要工具称手，他轻轻一拨，几乎所有最牢固的门闩都能被打开，这跟力气大小没关系，更像是电影特效。

如果门锁真的很精密，他就会从窗户进去。打碎玻璃或踢坏一扇门，这对奈特来说想想都可怕，这是野蛮人的行径。每次偷窃结束时，他都会将先前被他弄开的窗户搭扣重新锁上，然后从前门出去，确保门把手上了闩。如果可能的话，他会在出门后把门锁好，不让小偷在这个地方有可乘之机。

北塘居民花钱改进安保措施后，奈特也调整了手法。上一份拿薪水的工作，让他对警报器颇为了解，他利用这些知识继续行窃——破坏监控系统或是拿走监视摄像头的存储卡，这都发生在监控设备的体积没那么小、位置没那么隐蔽之前。

他躲过了几十次抓捕他的行动，发起者既有警察也有普通居民。有一次，休斯警官充当驾驶员，带领一个包括州警察在内的搜索队。所有人都挤在休斯的四轮卡车后部，卡车在崎岖不平的森林公路上行驶，不时地停下车步行排查。"我们找了又找，从没发现这个隐士，或他所在的营地。"休斯说。外加那些义务警员，包括那个荷枪守候十几个晚上的男人，奈特要么是嗅到了他们的动静，要么是运气使然。

犯罪现场是如此干净，以致警察也不得不佩服他。"他破门时所展示的纪律水准，"休斯说，"我们任何一个人都没想到——收集情报、现场勘察以及进出不被人发现。"有个警察在他提交的入室盗窃案报告里专门注明此罪犯"特别干净"。很多警官感觉，这个隐士是偷窃高手。他似乎是在炫耀，撬门开锁却只拿走丁点儿财物，是在玩一种奇怪的游戏。

奈特说，每次开锁进入一户人家时，总是有强烈的羞愧感。"每一次都是，我很清楚自己是在做错事。我并不是乐在其中，一点儿也不是。"

一旦进入某个小屋，他就直奔目标，首先洗劫厨房，然后快速搜查一下整个房子，找寻任何有用的物件或一直需要的电池。他从不开灯，只使用一个串在金属链子上的小手电，链子套在脖子上——这可以让手电悬在脖子上，如果需要在森林里行走，手电光只照亮地面，而他的脸则留在阴影里。奈特讨厌头灯；头灯把光照得遍地都是，明亮得如同酒吧的招牌。

在行窃过程中，没有一刻是轻松的。"我的肾上腺素飙升，心跳加剧。血压也很高。偷窃时总是很害怕。每次都是。我希望它尽快结束。"在洗劫过程里，唯一让他多逗留一会儿的情况是，天冷时他需要解冻一些食物。如果肉是冰冻的，他需要把它们放进微波炉里加热。

屋里的工作结束后，出于习惯他会去检查一下燃气烧烤炉，看看燃气罐是否是满的。如果是满的，附近一定有个备用的空罐，他把满的换成空的，让烤炉看上去没有被动过。奈特认为，最好是不给房屋主人留下明显被偷的证据。接下来，如果这次行动是借用船只的，他会把所有东西装进船里，再将船划到离营地最近的岸边，然后卸货。他把船归还到原地，并撒些松针在上面，使它看上去没有被使用过，然后将战利品拖过"毛衫林"，从两块大象石间穿过，抵达营地。

此时，天已破晓。他把最后一件东西搬进营地后，终于能够休息了。"等待我的是一长段时间的安宁。不，不是安宁。这个词太恶心。一长段时间的平静。"每次外出洗劫带回的物资足够他维持两周，他能再一次在林中的房间里安顿下来——"回到我的安全之地，成功。"——又能够回来享受快乐了。

16

奈特住在泥地上，但他比你还干净。干净得多。松针和泥土并不会真弄脏你，但是脏东西会，有害细菌、可恶的病毒通常通过咳嗽和打喷嚏、握手和亲吻传播。有时候，善于交际需要付出健康的代价。奈特将自己和人类隔绝，由此避免了传染性疾病。他一直非常健康。偶尔他也很遭罪，但他坚持说自己一次也没得过急病、大病或受过重伤，甚至没有得过一次感冒。

在夏天，尤其是最初几年，他健康、强壮，精力旺盛。"你得看看我二十几岁的时候——我统治着脚下这片土地，它是我的。"奈特说，透露出悔悟之情下掩藏的一股骄傲。

"为什么不能说它是我的？没有其他人在那里。我主宰它。随心所欲地掌控它。我是这片林子的王。"

这片地方长满了有毒的常春藤，让一些找寻他营地的人望而却步。奈特的脑袋里有个自动警报器——"三片叶子的，别去碰它。"——能非常巧妙地记住它们长在哪块地方，即便在夜里，他也不会碰擦到它们。

莱姆病，是一种细菌性疾病，通过扁虱叮咬传播，能引起局部瘫痪，是缅因州的地方性疾病，但奈特也没有染病。他曾为莱姆病犯过好一阵子愁，然后意识到自己对此无能为力，就不再去想它了。

住在林子里，大自然是无常的，给了你自主权的同时，也让很多事情变得不可控。起初，奈特担心一切：暴风雪会掩埋他，徒步者会发现他，警察会抓到他。渐渐地，他有意识地将大部分忧虑抛诸脑后。

但这些并不是全部。他感到太悠闲也是一种危险。一定程度的担忧是有用的，甚至可能是救命的。"我利用忧虑来促进思考，"他说，"忧虑能激发求生欲并制定计划。我必须从长计议。"

每次偷盗任务结束后，他都可以暂时不用担忧。他根据食物的变质速度来决定先吃什么，后吃什么，从牛肉饼到夹馅面包。差不多就只剩些面粉和起酥油时，他会把它们连同水和在一起，做成饼干。他从来不偷自制食物，或没有包装的食品，因为担心有人要毒害他，他拿的每样食物都是密封在纸盒或罐头里的。他把食物吃得一点不剩，把容器也刮得干干净净。然后把这些包装袋和纸盒扔进营地的垃圾场，垃圾场位于营地四周的卵石之间。

垃圾场分布的面积有一百平方英尺。一片区域存放诸如燃气罐、旧床垫、睡袋和书等，另一片区域扔食品容器。即便在食品垃圾区，也没有气味。奈特在上面加盖了一层层的泥土和叶子来帮助堆肥，也消除了气味。但是大部分包装是涂了蜡的纸板或塑料，分解很慢。从挖出的垃圾来看，很多盒子上印的颜色仍旧很鲜艳，溢美之词、惊叹号、洛可可风格的排印术从泥土里冒出头来，而鸫鸟在上方的枝头叽叽喳喳地叫。

从垃圾场的挖掘记录可以知道，为什么奈特最严重的健康问题出在牙齿上。他定期刷牙，也偷牙膏用，但不看牙医，于是牙齿开始腐烂。没办法，因为他的口味还停留在喜欢吃甜食的青少年时期。"'做饭'这个词太抬举我的厨艺了。"他说。

主食就是通心粉和奶酪。无数通心粉和奶酪的盒子被埋在石头下面，外加几个空的调料瓶子——黑胡椒、蒜粉、辣椒酱、烟熏调料。通常，奈特进入一座小屋，如果调味品架是满的，他就会拿上一瓶新的，然后回去后试着给他的通心粉奶酪餐做调料。

在他的垃圾场里还有压扁了的三十盎司"契达"风味的金鱼饼干桶、五磅重的棉花软糖桶、十六个装"德雷克魔犬"夹心蛋糕的盒子。还有很多外包装盒，来自全麦饼干、炸薯球、烤豆子、芝士条、热狗、枫蜜汁、巧克力棒、制甜酥饼的干面团。"贝蒂厨艺"的山芋干贝和"泰森"鸡柳。"乡村时光"柠檬汽水和"激浪"汽水。埃尔蒙特鲜辣芝士口味墨西哥卷饼。

所有这些来自一个厨房水槽大小的地洞，这个洞是用手挖成的。奈特逃离现代社会，仅是靠脂肪维生。奈特指出，这些食物不是他的选择。首先它们是北塘度假屋主人的选择，之后才被他拿走。他确实偷了些钱，平均十五美元一年——他称之为"一个备用体系"——他住的地方离"甜梦"便利熟食店只有一个小时的步行距离，但他从没去过那里。他最后一次在餐厅或坐在桌边吃饭，是在开车来此之前，途经的一家快餐店里。

他偷速冻的烤宽面条、罐装的意大利水饺和千岛酱。你可以在垃圾场一直挖下去，侧身躺在地上，整个手臂都能伸下去，还有很多垃圾出现。奇多膨化食品、香肠、布丁和泡菜。壕沟深得足以用来打仗——"水晶灯"冲泡饮料、"清凉维普"人造奶油、"巧克芙欧"坚果、可口可乐——始终触不到底。

因此，他不是个美食家，他不在乎吃什么。"为了生存，我遵守的纪律是放弃对特定食物的渴望。只要是能吃的，就够好了。"他准备食物的时间不会超过几分钟，一次行窃后可以待在营地里两周，大部分时间会花在杂务、营地维护、搞卫生和娱乐上。

他娱乐的主要形式是阅读。在离开那些小屋前的最后一刻，他会扫视一下书架和床头柜。书本里的生活更让奈特喜爱。它对他无所要求，而现实世界的人际交往却是如此复杂。人们的交谈就像是网球比赛，迅速而不可预测。不断地有微妙的视觉和听觉线索，有影射、嘲讽、肢体语言和语调。人人都会偶尔怠慢别人，成为社交技能拙劣的牺牲品。这是做人的一部分。

对奈特来说，所有这些都令他感到无法忍受。和文字世界打交道已是他最接近人的交往。不用外出洗劫物资的这些日子，他可以尽情看书，如果看得兴起，可以尽情漂浮在书的世界里，没有任何干扰，想多久就多久。

度假小屋所提供的阅读选择通常是令人沮丧的。对于书籍，奈特是有特殊需求和渴望的——某种程度上说，阅读对他来说比食物更重要，但有时实在没有东西可读时，床头柜上有什么他就看什么，无论是阳春白雪还是下里巴人。

他喜欢莎士比亚，尤其是《裘力斯·恺撒》，冗长而枯燥地陈述了背叛和暴力。他对艾米丽·狄金森的诗歌惊叹不已，感到和她心有灵犀。在生命的最后十七年，狄金森很少离开马萨诸塞州的家，只透过半开的门和访客交谈。"有时，"她写道，"一切尽在不言中。"

奈特希望自己可以读到更多埃德娜·圣文森特·米莱的诗歌，她也来自缅因州，一八九二年出生于海滨小镇洛克兰。他引用了她最有名的诗句（"我的蜡烛两头燃，它不会持续到天明"），然后说道："好些年我都在帐篷里点蜡烛，偷它们划不来。"

如果非要选择一本最喜爱的书，它也许是威廉·夏伊勒的《第三帝国的兴亡》。"很简洁，"奈特说，一千两百页很快读完，"比任何小说都富有感染力。"每本关于军事史的书，他都偷。

他偷了一本《尤利西斯》，但也许这是一本他没读完的书。"它想讲什么？我怀疑这是乔伊斯开的一个玩笑。人们在对书中的内容进行曲解附会时，他一直保持沉默。伪知识分子喜欢随口说《尤利西斯》是他们最喜欢的书籍。读完此书等于接受一场智力胁迫，我拒绝。"

奈特对梭罗极为鄙视——"他对自然并没有深刻的见解"——但拉尔夫·沃尔多·爱默生是可以接受的。"人们要谨慎而节制，"爱默生写道，"除了你自己，没有什么可以让内心平静。"奈特读《道德经》，感到自己和这些精炼的文字心意相通。《道德经》说："善行无辙迹。"

罗伯特·弗罗斯特受到差评——"我很高兴他的声誉开始衰退。"奈特说。有时厕纸没了，他就从约翰·格里森姆的小说上撕几页纸下来。他提到，他也不喜欢杰克·凯鲁亚克，但这不是很准确。"我不喜欢那些喜欢杰克·凯鲁亚克的人。"他澄清道。

奈特偷便携式收音机和耳机，每天都收听广播，从电波中传来的声音是人类存在的另一种形式。有一阵子，他非常喜欢广播脱口秀节目。他收听了很多拉什·林博的节目。"我没说喜欢他。我是说收听他的节目。"

后来他喜欢上了古典乐——勃拉姆斯和柴可夫斯基，是的；巴赫，不。"巴赫太古朴了。"他说。让他心醉神迷的是柴可夫斯基的《黑桃王后》。但他一直热衷的是经典摇滚乐："谁人""AC/DC""犹大牧师""齐柏林飞艇""深紫"，而最喜欢的是林纳·史金纳。世上没有什么像林纳·史金纳的歌曲那样受到奈特的赞赏。"林纳·史金纳的歌曲会被演奏一千年。"他说。

有一次，他偷了一台五英寸的松下黑白电视机。这就是他为何需要这么多汽车和船只电池的原因——给电视机供电。奈特善于将电池绑在一起，串联或并联。他还带走一根天线，把它藏在高高的树顶。

他说，美国公共广播公司的所有节目都是"精心为那些在婴儿潮年代出生且受过高等教育的人而制作的"，但他在林子里看过的最好节目就是公共广播公司制作的，即肯·伯恩斯的纪录片《南北战争》。他能够逐字背诵一些片段。"我仍然记得苏利文·巴鲁写给妻子的信，"奈特说，"它让我流泪。"巴鲁是北方联邦军队的一名少校，一八六一年七月十四日，他写信给妻子莎拉，但是在信被送达前，他死于第一次马纳萨斯战役。纸条上提到了对孩子们"无限的爱"，巴鲁说，他的心和妻子的连在一起，"被一根坚固的锁链系在一起，只有全能的主才能摧毁。"即便奈特自己无需和他人建立亲密关系，但一句表白之词却让他潸然泪下。

奈特了解世界时事和政治，但他很少对此做出反应。一切对他来说都发生得过于遥远。在"九·一一"后，他烧毁了所有的电池，再也不看电视了。"汽车电池这么重，总之很难偷。"他说。他把用过的电池改做固定棚绳用的锚桩，在偷了一个能接收电视声音信号的收音机后，他就改在收音机里收听电视，他称为"心灵剧场"。《宋飞正传》和《人人喜爱雷蒙德》是他最喜欢收听的电视节目。

"我的确有幽默感，"奈特说，"我只是不喜欢玩笑。弗洛伊德说过，没有玩笑这样的东西——玩笑是隐藏的敌意。"他最喜欢的喜剧演员是"马克斯兄弟"、"活宝三人组"和乔治·卡林。他最后一次在电影院看的电影是一九八四年上映的喜剧《捉鬼敢死队》。

他从不费神去收听体育节目；它们让他感到无聊，无一例外。至于新闻，他收听来自奥古斯塔市的"摇滚山"电台的五分钟整点时事播报。此外，他说，有时会收听魁北克的法语新闻台。他不会说法语，但能听懂大部分。

他喜欢玩视频游戏。他的偷窃原则是，它们必须看上去过时了；他不想拿走一个孩子的新电玩。他偷游戏机偷了好几年。他喜欢玩"口袋妖怪"、"俄罗斯方块"和"挖金子"。"我喜欢玩需要思考和策略的游戏，不是那种射击游戏，没有愚蠢的重复动作。"电子"数独"不错，杂志上的纵横字谜游戏也很有挑战性，但他从不拿一摞牌独自玩纸牌游戏。他不喜欢象棋，"象棋作为一种游戏太平面，太受限制。"

他没有创作任何一种艺术，"我不是那一类人"，他也从不在营地以外过夜。"我没有旅行的渴望。我阅读。那是我的旅行方式。"他从不看一眼缅因州著名的海岸线。他说自己从不大声自言自语，一个字也不说。"噢，你是说典型的隐士行为？不是的，从来不是。"

他从没想过要写日记。他永远不会让任何人来阅读他内心的想法；因此，他不会冒险写下来。"我宁愿把它带到坟墓里去。"他说。不管怎样，哪份报纸自始至终是诚实的？"要么用很多真相去掩盖一个谎言，"他说，"要么用很多谎言去掩盖一个真相。"

奈特记仇的能力让人印象深刻。即便有很多《国家地理》杂志被他埋在帐篷底下，但他还是蔑视这份出版物。"我不喜欢偷它们，"他说，"我只在百无聊赖时才看看。它们真的只适合被埋在泥土里。那些光滑的纸页能撑上好一段时间。"

他对《国家地理》的厌恶要追溯到他年轻时。奈特上高中时，在某一期上看见一幅照片，是一个年轻的秘鲁牧羊人站在公路旁大哭。身后是几只死了的绵羊，在他试着驱赶它们时被车撞死了。这幅照片后来被重印在一本《国家地理》历年最佳肖像合集里。

这让奈特很生气。"他们把这个男孩的耻辱拍成照片出版了。家里人委托他照看羊群，但他令家人失望了。太恶心了，人人都能看见一个小男孩的失败。"三十年后，奈特仍然对这幅照片耿耿于怀，他对耻辱的危害性很是敏感。在逃向森林前，他做下过令人羞愧的事么？他坚持说没有。

奈特非常不喜欢大城市，那里充斥着没用的知识分子，他们同时拥有好几个学位，却不会给汽车换机油，但他又说道，并不是说乡村地区就是天堂了。"不要美化乡村。"他说，接着随口说了句《共产党宣言》第一章里的话，逃脱"乡村生活的愚昧状态"。

他直截了当地承认，有几座小屋颇具吸引力是因为他们订阅了《花花公子》。他很好奇。他失踪时才二十岁，从来没有外出约会过。他想象，寻找爱情就像是钓鱼。"一旦进了林子，就没人可接触，没有鱼饵让我去上钩。我是条没有被捉住的大鱼。"

有本书，奈特从来没有把它埋进垃圾场，或把它装进塑料袋——他一直保留在帐篷里——《非常之人》，一部奇人小传集："象人"、"拇指将军"、"狗脸男孩"、连体人"昌"和"英格"，以及很多杂耍表演者。奈特常感觉自己有点像马戏团的怪物，至少内心如此。

"如果你天生是个古怪之人，"《非常之人》的序篇里说，"人生的每一天，从婴幼儿开始，就知道自己和别人不一样。"等长大些，一切照旧，可能会更糟。"你可以避世，"这本书建议，"以避免遭受这个世界对身体或心灵异常之人所施加的惩罚。"

有一本最棒的小说，奈特说，让他深受触动并罕见地为之感到紧张不安，作者穿越时代直接来和他说话：陀思妥耶夫斯基的《地下室手记》。"我在主要人物身上找到了自己。"他指的是那个愤怒而不愿与人交往的叙述者，他离群索居了二十年左右。这本书的开篇这样写道："我是个病态的人。不怀好意。不讨人喜欢。"

奈特也表达了不少对自我的厌恶，但都被一种强烈的自豪感给抵消了，偶尔他还流露出一丝优越感。《地下室手记》里的这位无名叙述者也是如此。在这本书的最后一页，叙述者扔掉了所有的谦卑，说出了他的感受："只有我将人生推向了极致，而你们连一半都不敢，甚至将怯懦当成理智，在自我欺骗中寻找舒适，因此，也许终究我的生命是要强过你们的。"

17

实际上，阅读或收听广播并没有占据奈特的大部分空闲时间。大部分时间，他什么事也不做。他坐在水桶或草地躺椅上，沉思默想。不念经，不唱诵，也没有莲花坐姿。"做白日梦，"他如此归结道，"冥想。想各种事情。爱想什么就想什么。"

他从来没有感到无聊，他说，不清楚自己是否理解无聊是什么。它适用于那些总是觉得自己要做些什么的人，从他所观察的那些人来说，大多如此。古代中国隐士早就懂得"无为"是生活的一个重要部分，奈特相信这世上几乎不再有足够紧要的事了。

奈特的虚无另有一层内容。他称之为"观察自然"，但他不满意这个描述。"听上去太梦幻。"自然是残酷的，奈特澄清道。弱者无法生存，强者也不能。生命是一场持续不断的残酷斗争，每个人都会输。

林子里他的那块空地，四周的视野并不开阔，奈特听到的多于看到的，经年累月下来，他的听力变得很敏锐。他的生活有了季节性音轨。春季，有野生火鸡，母鸡的声音尖锐，雄鸡叫起来咯咯直响，还有叽叽咕咕的青蛙。"你会错把它们当成蟋蟀，其实是青蛙。"夏季会迎来群莺合唱团一早一晚的演唱，一只百灵鸟和来来往往的机动船相互唱和，这对奈特来说，就是人类演奏的精华了。

秋天传来流苏松鸡的击鼓声，这些松鸡用拍打翅膀来吸引伴侣，而野鹿在枯叶上移动仿佛是"在玉米片上走路"。冬天，某个池塘上传过来冰块暴裂的轰鸣声，听上去像保龄球滚入球槽时发出的声响。

每个傍晚都有狂风暴雨来临。一连三四天后，奈特就习惯了聆听风声。风停了，那一片肃静反而令人觉得陌生。雨是那种滂沱大雨，雷电大作，闪电近在眼前，奈特承认，他被吓到了。"我喜欢雨天，但心里差不多跟小孩一样，不喜欢电闪雷鸣。"

有些年他看见好多只鹿，有些年，一只也没见到。偶尔会看见一只麋鹿。有一次，他看见一只美洲狮的背影，但从没看见过熊。兔子一阵子多一阵子少，周而复始。老鼠胆子很大，会趁他躺着的时候，钻进帐篷，爬上他的靴子。他从没想过养宠物："我没法让自己处于和宠物争食吃的境地，也许到时还不得不吃了宠物。"

他最亲近的伙伴也许是一个蘑菇。奈特所在的林子里到处是蘑菇。但这个蘑菇很特别，长在奈特营地里最大的铁杉树树干上，从齐膝高的位置横突出来。他开始观察它时，不过手表表面那么大。它不慌不忙地生长，整个冬天都顶着雪白的圣诞老人帽，几十年后，它终于长到餐盘那么大了，表面缀着黑色及灰色的条纹。

这个蘑菇对他很重要；被捕之后，进入营地的警察将里面的设施都拆除了，这是他为数不多的牵挂之一。得知他的蘑菇仍在那里，他很高兴。

即便在天气暖和的那几个月里，奈特也很少在白天离开营地。破例的日子大多集中在每年夏末，度假屋的主人纷纷离去，蚊子逐渐消失，奈特会开启一个短暂的徒步季。有两个赏心悦目的小树林值得他去观赏，它们是天然的"禅意花园"，一是如幽灵般伫立的桦树林，有着白如纸片一样的树皮；一是微风袭来便摇曳不止的颤杨林。他还会在北塘的一些沙滩上度过一些时光，这些沙滩对他来说像是迷你海滩。"有时候，我会熬夜，"他说，"收听一些疯狂的调频脱口秀节目，在日落之前徒步去一些地势高的空地，看着地面的雾气弥漫在山谷里。"

落叶美得无可争议，喜欢上它就如同喜欢上巧克力那么容易，但奈特觉得林子里最美的时光是在叶子都掉光时。他喜欢那些瘦骨嶙峋、光秃秃的枝丫。"我读过太多维多利亚时期的文学作品——二手旧书，里面有藏书票，这些藏书票总是有光秃秃的枝干，传递一种失落感，以及即将到来的恐怖。"

他从来不庆祝生日，也不过圣诞节或其他任何节日；通常他不清楚具体的日子，除非在广播里听到。他会定期看到北极光，流动的粉光和绿光像随风鼓起的窗帘从天而降。如果新闻里提到月全食，他会步行到一片开阔的草地，去观赏它。从白天与黑夜的此消彼长，他能感觉到，什么时候冬至或夏至来临，什么时候是春分和秋分，但他不举行特别的庆祝仪式。"我不唱歌，不跳舞，也不祭祀。"

奈特特别喜爱七月四日左右的日子。他不看焰火表演，而是欣赏只属于他自己的演出。"这是萤火虫的旺季。我觉得诗意得恰到好处。我疑心约翰·亚当斯会同意这一点。不是他提议七月四日燃放烟花的吗？"

奈特似乎能立刻回忆出读过或看过的任何东西，虽然他坚持说自己没有过目不忘的记忆力。他只是都记得而已。"亚当斯和杰弗逊都死于一八二六年七月四日。"他补充道。他想知道现代社会泛滥的信息及狂暴的噪声是否仅仅是让我们变蠢了。"我没有被数据淹没，"他说，"我有相当严格的饮食，从字面和比喻意义上看。"尼古拉斯·卡尔在《浅薄》一书中写道："'因特网'正在逐步地削弱一个人'集中精力和深入思考的能力'。"他的这本书是有关大脑科学和屏幕时间的。

根据世界各地的十几项研究，奈特的营地——是天然的宁静绿洲——也许能最大程度地促进大脑功能。这些研究调查了住在安静之地和嘈杂之地的区别，并得出了相同的结论：噪声和干扰是有害的。

对于那些不受我们控制的环境噪声，首要的问题是没法忽略它。人体机能会对它做出反应。声波会引起一小串骨头震动——锤骨、砧骨和镫骨，中耳是个老式五金店——这些物理震动被转换成电子信号后，直接传入大脑听觉皮层。

身体立刻做出反应，即便在睡眠中。生活在城市里的人不断感受逐步升级的应激激素。这些荷尔蒙，尤其是皮质醇，会提升血压，导致心脏疾病和细胞损害。噪声损害你的身体，并让大脑兴奋。"噪声"这个词源自拉丁语"恶心"。

要改变状况，你无需那样安静，甚至无需独处，但你必须寻找到令人舒心的环境，而且必须时常如此。日本千叶大学的研究人员发现，每天在林中散步十分钟会大大减低皮质醇，与此同时，血压和心率也有小幅下降。生理学家相信我们的身体在寂静的自然环境中能得到放松，因为我们人类就源自那里；我们的感觉系统成熟于草原和森林，并始终向它们看齐。

杜克大学的再生生物学家易默克·科斯特用老鼠做试验，发现每天两小时完全保持安静会促进海马区的细胞发展，海马区是大脑记忆形成的区域。在美国、英国、荷兰和加拿大进行的人体试验表明，在安静的乡村环境里度过一段时光后，试验对象更为平静，感知力更强，不那么抑郁和焦虑，认知能力得到提升，记忆力更强了。换句话说，在大自然的静寂中打发时光会让你变得更加聪明。

对于奈特来说，最美好的寂静来自夏末热浪来袭的星期三，那时几乎所有的度假屋都空无一人。这种情况也许一年就一次。然后，夜深人静，他离开营地，一直步行，直到林子突然在眼前消失，湖水在他面前荡漾。他脱掉衣服，滑入水中。离水面最近的几英寸湖水，被太阳炙烤了一整天，几乎跟洗澡水一样暖和。"我在水里舒展开身体，"他说，"仰天平躺，望着那些星星。"

18

奈特唯一没有偷过的书是他最常见的那本。"我不需要
《圣经》。"他说。奈特是新教徒的后裔，但从小就不去教堂，
虽然《圣经》的每一页他都读过。"我不信奉宗教。我不能
声称自己有信仰体系。我得说，在这一点上，我是多神论
者，不是一神论者。我相信不同的情形有不同的神。我不知
道这些神怎么称呼，我也不相信有统领众神的神。"

相反，他让自己从属于一种思想流派。他信奉斯多葛主
义。这种希腊哲学源自苏格拉底的理念，创立于公元前三世
纪。斯多葛主义者觉得严于律己，并与自然和谐相处，就能
造就有德性的生活；一个人必须忍受艰难困苦，而不对此抱

怨。热情必须让位于理性；情感会让人误入歧途。"在林子里，没人听我抱怨，所以我不曾抱怨。"奈特说。

在没有上帝的情况下，奈特似乎很崇拜苏格拉底。这位哲学家生于公元前四六九年，他自己不是隐士，但提倡这种生活方式。苏格拉底也许说过，他最宝贵的财产是他的闲暇时光。"当心忙碌的生活荒芜了人生。"这句引言通常认为出自他口。他走到哪里都赤着双脚，只吃品质最差的肉食。没什么事情可以让他烦心。因为不敬神和散布异端学说，苏格拉底被判处死刑，喝下一杯毒汁而死。苏格拉底似乎教导我们，一个人如果想要自由，不应去实现欲望，而是消除欲望。

奈特在森林里面临的是生死挑战，他选择不去表达情感，而是始终保持斯多葛派哲人般不带感情的平静。他强调，任何时候他都不曾向一个更高力量祈祷。只有一种情况例外。缅因州最严酷的冬天来袭时，所有的规则都终止了。"一旦你处于零下二十度的环境里，你大概就没有思想了。好比在战壕里没有无神论者，零下二十度时也一样。那时你就有宗教了。你一定会祈祷。祈求温暖。"

奈特所有的生存技巧都集中在如何度过冬天。每年淡季来临时，度假屋都会关闭，但常有食物遗留在食品储藏室里，奈特在这段时间里会连续整夜在外洗劫。"这是我最忙的时间。丰收的季节。这是一种非常古老的本能，虽然通常和犯罪无关。"

他的首要目标是长胖。这事关生死。他林子里的每种哺乳动物，从老鼠到麋鹿，都有这个基本规划。他让自己摄入大量糖和酒精，这是长胖的最快途径，而且他喜欢这种酒醉的感觉。从所偷的酒瓶来看，这是个从未去酒吧喝过酒的男人（他承认了），"艾伦牌咖啡味白兰地""施格兰逍遥草莓鸡尾酒""鹦鹉湾椰子朗姆酒"，还有"山谷奶油巧克力红酒"，一种将巧克力、鲜奶油和红酒混合在一起的饮料。

他将不易变质的食物装进塑料箱里。他偷保暖衣物和睡袋，囤积燃气罐，将圆滚滚的白色燃气罐从烧烤炉里一路拖出来，经过北塘和小北塘。这些燃气罐至关重要，不是用来烹饪（冷的食物仍然是有营养的）或者取暖（在帐篷里烧燃气会制造大量的一氧化碳，足以让你毙命），而是用来融化雪水，制造饮用水。这项工作需要大量的燃料；每个冬天奈特需要十个燃气罐。用完一个燃气罐，他就将它埋在营地附近。他从来不归还空瓶。

收集物资的过程是在和天气赛跑。随着第一场大雪的来临——通常在十一月份，这个季节所有的活动都宣告结束。

在雪地上搬运东西不可能不留痕迹，而奈特对不留痕迹非常执着。因此，接下来的六个月，直至来年四月雪融，他很少离开林中的那片空地。理想的状况是，整个冬天他都不用离开营地。

为了对抗严寒，奈特把胡子蓄到冬天的长度——大概一英寸：不厚不薄，正好可以将脸包裹起来，又不会结成冰块。夏季的大多数时间里，他用偷来的刮胡膏把毛发刮得干干净净的，以保持凉爽。除了蚊子最多的时期，浓密的毛发是天然的驱虫剂。在缅因州的中部，墨蚊是如此密集，呼吸时不吸进几个去是不可能的；每次舞动手臂拍打，手指上都黏糊糊的，都是自己的血。很多北塘本地人认为蚊虫高发季节比最寒冷的日子还要具有挑战性。

一旦蚊虫消散，奈特又要开始剃毛发，秋末刮大风的日子——面部毛发也能用来防风和保护脸部。至于头上的毛发，处理就简单了：一年几次，他会用剪刀和一次性刮胡刀将头发剃光。在林中生活时，奈特从未看上去像个典型的隐士般蓬头垢面，仅仅在入了监牢，不再是隐士后，他才开始看上去像个真的隐士。这是他想到的恶作剧。

大家会自然而然地认为奈特在寒冷的季节就只是睡觉，如人类的冬眠，但并非如此。"在冬天睡得太长很危险。"他说。他需要精确地知道当时有多冷，他的大脑需要这个数据，因此他总是在营地里放三支温度计：一支水银的、一支数码的和一支弹簧装置的。他不能只信任一支温度计，更喜欢有个统一的数据。

寒冷的季节到来时，他在七点半睡觉。他用一层又一层的睡袋将自己包裹起来，并在靠近脚的地方绑了带子固定，以防止覆盖物滑落。需要小便时，掀开被窝太不方便，所以他使用一个带盖的广口夜壶。无论他如何努力，却总是不能让双脚保持暖和。"厚袜子。好几双袜子。袜套。还有薄袜子，运用连指手套的原理，觉得最好还是让自己的双脚在一起，但我从没找到完美的解决方案。"尽管如此，他也没有因为霜冻而失去任何一个脚趾或手指。一旦进入被窝，他会睡上六个半小时，然后在凌晨两点起床。

这样，在最冷的时候，他是醒着的。在温度极低时，无论将自己包裹得多么严实都没用——如果他在被窝里多待一会儿，来自身体的水汽凝结以后会把睡袋冻住。他的核心温度会下降，在极度的严寒之中，麻痹性的昏睡会席卷全身，从手和脚开始，然后像入侵的军队一样抵达心脏。"如果你尝试在那样的寒冷中一直睡觉，你可能再也醒不过来。"

他在凌晨两点所做的第一件事是打开炉子，开始融雪。

为了让自己的血液保持循环，他沿着营地四周走路。"走出帐篷，左转。十五步。左转。八步。到达我的冬季厕所。上厕所。走二十步回来。一个大三角形。然后再来一圈。再一圈。我喜欢踱步。"他会把睡袋拿出来晾。每个酷寒的冬夜他都这么做，整整四分之一个世纪。如果夜里下过雪，他就把营地的雪铲除，把积雪推到营地边缘，堆积成巨大的冰冻堤坝，将他围在里面。

他的双脚似乎从没变暖过，但只要有双干净的袜子，这真的就不是个问题。干燥比暖和来得重要。等到黎明，他就有白天可以饮用的水了。不论他多么渴望爬回到睡袋里去，他都忍住。他有很好的自控力。在他的观念里，小睡是不允许的，因为这样就无法在夜晚获得深度睡眠，从而让身体恢复活力。

在冬季，他因营地的隐蔽性减弱而感到忐忑不安。营地附近几乎没人，但随着树叶的脱落，营地被人看见的概率提高了。他有一个警报系统——没人能在奈特的林子里悄无声息地走路，除了奈特，所以只要有人靠近他就会警觉——此外还有一个逃跑计划。如果有人走得更近了，他想到的是逃进林子深处去，从而避免正面遭遇。

在他营地的不远处，奈特保留了一个他称之为"高级缓存"的地方，被埋在地底下的是两个金属垃圾桶和一个塑料箱。它们被树枝和叶子乔装得如此好，你从上面走过也完全不会察觉。里面装了露营工具和冬天的衣服，物资充足，那样如果有人发现他的营地，奈特可以立即丢弃并开启一个新的。他想要弃世独处的心意是决绝的。

19

　　奈特对被认为是疯子这一点很敏感。"是有人把我和疯子扯上关系，"他承认，"我明白我是选择了一种非同一般的生活方式。但被贴上'疯狂'的标签，这让我很不安，让我生气，因为它让人无法做出回应。"有人问你是否疯狂，奈特悲叹道，你可以说是，这让你显得很疯狂，你可以说不，但听上去戒心十足，好像担心自己真的疯了。没有好的答案。

　　如果有什么区别的话，奈特对自己的评价，用斯多葛主义的伟大传统来看，恰恰是疯狂的反面——头脑彻底地清醒。当他得知一些当地人认为他将成捆的杂志埋在营地底下是个怪异习惯时，他被激怒了。他说，他在林子里做的每件事都是有道理的。"人们不懂得这些道理。他们只看到了疯狂和荒谬。我是有策略的，一个长远的计划。他们不理解，因为我没有去跟他们解释。"把成捆的杂志回收再利用作地板是很明智的行为。

很可能，奈特认为自己是所剩无几的智者之一。在办公室的小隔间里度过大半生，每天在电脑桌前坐上几个小时，以换取薪水，就被认为是可接受的，而在林子里的帐篷休息就是令人不安的，想到这点就让他十分困惑。观察树木是无所事事的体现；而砍伐树木就是锐意进取的表现。那么奈特以从事什么工作为生？他以活着为生。

奈特坚持说，他的出逃不能被理解为对现代生活的批评。"我不是有意评判社会或我自己。我只是选择了一条不同的道路。"然而他从林中的栖息地已经看够了这个世界，这个星球正在被人们购买的大量物品击垮，正在被肆意毒害，人人都被十亿零一个小屏幕上"一堆花花绿绿的无用之物"催眠而进入一种冷漠状态。奈特观察现代生活，并从它的平庸陈腐抽身而退。

卡尔·荣格说过，只有内向的人能看见"人类深不可测的愚蠢"。弗里德里希·尼采写道："人群在哪里，哪里就有相同特质的恶臭。"奈特的同道梭罗认为所有社会，不管如何出自好意，都会使它的民众堕落。萨特写道："他人即地狱。"

也许奈特想说，这个关键性的问题，不是为什么有人要避世，而是为什么有人想要留下。"这整个世界像一股高涨的激流，莽莽撞撞地向前冲去。"有个隐士曾经告诉孔子。"追随那些人一起逃离这个世界不是更为幸福吗？"印度哲学家吉杜·克里希那穆提有句话一直被人引用，"没有健康的尺度去完全适应一个深度病态的社会。"

"隐士"网站，是存有一切和隐士相关资料的数码宝库，发布了一位现代隐士的系列文章，他将自己描述为无家可归的流浪者——只用首字母"S"作为笔名。"人类社会基本上已经成为一个不道德的暴力精神病院。"他写道。犯罪、腐败、疾病和环境恶化问题循环往复。总是用更多的消耗去解决消耗问题，社会缺乏寻找人和自然之间的平衡机制。在内心深处，我们真的就只是野兽。S的结论是荒凉的："生活在这个社会并且参与其中是疯狂而有罪的。"他写道，除非你是一个隐士，永久处于远离其他一切的状态，否则在某种程度上，你就犯下了摧毁这个星球的罪过。

奈特被捕后，接受了缅因州政府雇用的法庭心理师的心理健康评估。法庭文件显示缅因州当局认为奈特有"完全行为能力"，同时给出了三个诊断：阿斯伯格综合征、抑郁或疑似分裂型人格障碍。

阿斯伯格综合征一说毫不奇怪。有一阵子，每个聪明内向的怪人，从国际象棋世界冠军鲍比·费舍尔到比尔·盖茨都被匆匆贴上了此标签，而很多人被认为有类似症状，包括艾萨克·牛顿、埃德加·爱伦·坡、米开朗琪罗和弗吉尼亚·伍尔夫。牛顿很难和人建立友谊，而且很可能禁欲。爱伦·坡在其诗歌《独处》中写道："我爱的一切——我只爱独处。"据说米开朗琪罗曾写道："我什么朋友也没有，我谁也不需要。"而伍尔夫选择了自杀。

阿斯伯格综合征曾被认为是一种自闭症亚型，是以澳大利亚儿科医生汉斯·阿斯伯格的名字命名的。他是这个领域的先驱，在二十世纪四十年代发现并且描述了自闭症。据神经病学家奥利弗·萨克斯所说，不像早期其他研究者，阿斯伯格认为自闭症人群拥有能够造福他人的才华，特别是那些被他称为"独具开创性的思想"，通常美好而纯洁。几乎每个萨克斯观察过的自闭症患者都在独处时表现得最为开心。"自闭症"一词源自希腊语"autos"，意为"自己"。

"要治疗阿斯伯格综合征非常简单。"托尼·阿特伍德写道，他是心理学家，也是阿斯伯格综合征专家，定居于澳大利亚。解决办法就是别去打扰他们。"独处就不会有社交困难，独处不会产生沟通障碍。所有的诊断标准在独处时消失了。"

阿斯伯格征已不再被正式列为诊断类别。这个诊断在应用时标准很不一致，因此在第五版的《精神疾病诊断和统计手册》中被明确标准所替换；阿斯伯格综合征目前被归在自闭综合征谱系障碍（简称 ASD）这个大类下面。

奈特是否属于这一类，这一点并不明确。五六位自闭症专家和临床心理学家审核了奈特的故事。他们都说，不面见病人，不可能做出准确的诊断，但他们同意给出意见。托马斯·W.弗雷泽，克利夫兰医学中心自闭症研究中心主任，觉得奈特有"很明显"的自闭症特征，尤其是他缺乏眼神交流，对触摸很敏感，并且没有朋友。自闭症有遗传的因素，奈特的家人如此孤僻内向，可能有所谓的宽泛自闭症的显型。

南非神经学家亨利·马克拉姆，他的儿子是自闭综合征谱系障碍患者，他用被称为"紧张世界"的理论来解释这种病——动作、声音、光线，这些被大多数人自然忽略的东西，对自闭症患者来说，像是无穷无尽的攻击，他们仿佛永远处于美国时代广场。自闭症人群接受太多信息并且学习速度太快，不但被自己的情感击垮，也被他人的情感淹没。看着一张人脸，好比盯着一个闪光灯；吱吱响的弹簧床听上去像是指甲刮擦黑板发出的声响。马克拉姆认为，要保持稳定，必须最大可能地规范自己的生活，并对细节和重复形成极大的专注。

奥利弗·萨克斯写道，自闭症人群经常需要创造一个属于自己的世界，一个平静有序的世界，作为适应"不受控制的感觉冲击"的措施。一些自闭症患者将这个世界设在两耳之间，而奈特将它建在树林里。

加利福尼亚圣迭戈自闭症研究中心的执行理事斯蒂芬·M.埃德尔森认为，奈特的行为虽然看上去像自闭症，但还没到达自闭综合征谱系障碍的程度。他说如果那些医生有机会面见奈特，几乎不会有人认为他是自闭症患者。奈特规划和协调生活的能力，这么长时间完全靠自己生存，没有接受任何医疗和治疗，极其不像一个自闭症患者。

纽约威尔·康奈尔医学院心理学教授凯瑟琳·洛德说，她所见过的最自闭的成人或儿童，通常在生活中会有某个他们喜欢的人常伴左右。很多自闭症患者渴望接触和拥抱，但不知道什么时候合适。"他身上的每个自闭症特征，"纽约一家私人诊所的临床心理医生彼得·德里说，"都有与其对立的特征。自闭症患者不偷窃。他们不是罪犯。"奈特不像自闭症患者那样重复动作和循环使用语言。

替奈特做过检查的缅因州心理学家下的另一个诊断是分裂型人格障碍。这和精神分裂不是一回事，典型的精神分裂症患者和社会脱节，经常沉浸在幻觉和妄想里。精神分裂和自闭症类似，也常常没有亲近的朋友，并倾向于理性思维。自闭症患者常常想要朋友，但发现人际社交太过复杂；精神分裂患者更喜欢独处。他们普遍缺乏与人交往的兴趣，甚至讨厌性交。他们懂得社会规则，但决定不去遵守；他们对其他任何人都很冷漠。吉尔·胡利，哈佛大学临床心理学项目负责人，觉得奈特的行为符合类分裂型人格障碍的很多特征。

对奈特是否能被如此诊断存在很大争议。他对人毫无兴趣，类似分裂，但他无法和别人进行自然的交流，对感觉变化极其敏感，又似乎是典型的自闭症。"想要给奈特定性的诱惑是如此之大，"彼得·德里说，"他是抑郁症吗？他是人格分裂吗？双向情感障碍？有阿斯伯格特征吗？"

也许脑部有异样——杏仁核受损、催产素短缺或脑内啡失衡。斯蒂芬·M.埃德尔森提出了好几个诊断，最终放弃，打趣道："我诊断他为隐士。"

"没有一样完全说得通，"德里说，"这家伙如此复杂，诊断起来可能什么都有。必须是个大狂才能进行那样一个计划，非常特别。奈特就像一张罗夏测试卡片。他是一个人人都可以对照反省的对象。"

奈特对诊断没有兴趣。"我仅仅是到了监狱里后才了解自闭症，这只是对一系列行为随意贴上的一个标签。"他承认心理治疗也许对他有益，但坚持认为不要用给他诊断疾病的办法为其开脱罪行。他说自己没在吃药。

"我不想处于受害者的位置。这不是我的天性。我读过有关我的诊断，我没什么可做的。我认为自己不会成为阿斯伯格综合征电视慈善晚会的代言人。他们还在做这个节目吗？我讨厌主持人杰里·刘易斯。"

20

大部分北塘度假屋的主人，得出了不同的结论。他们说，奈特不仅是个贼，还是个骗子。

"他不可能在讲真话。"弗雷德·金说，他曾被偷了一个糖罐，此后的很多年里，他的朋友都叫他"糖罐"。"我能说句脏话吗?"金问，粗暴而有礼貌，非常具有缅因州特色。"他妈的这家伙不可能是个隐士。我是个常在野外活动的人，我明确地告诉你，没可能。我百分之一千地确定。在冬天，气温一直都在零度以下。我认为某位家庭成员曾帮助过他，或者有别的人收留他，或者他闯进一个没人的屋子，待上一整个冬天。"

有些人拒绝接受奈特从没接受过医疗护理的说法，其他人则注意到，食物藏在林子里，不可避免地会招来浣熊和小狼，它们会捣毁营地。有几个当地人问，这怎么可能，奈特说话如此得体，声带仍旧能用，还保留了如此丰富的词汇，是否真的那么长时间没说话了？有个居民指出离他营地不远处有条叫"奈特阁"的路，有户姓奈特的人家一直住那里，他们可能是克里斯的亲戚，一定为他提供了帮助。此外，他如果真的一直住在林子里，一九九八年的特大冰暴肯定会把他冻僵。

"所有来自他营地的东西都臭气熏天。"史蒂夫·特雷德韦尔说，他是松树营的职员，目睹警察盘问奈特，并参与拆毁他的营地。"他身上却气味清新。他没住在林子里。他的故事过不了气味这一关。没错。"

几十个来北塘过夏天的居民给出了他们的意见，百分之八十的人认定他在撒谎。如此一边倒的看法，最恰当的做法就是直截了当地问奈特。他真的在林子里度过了二十七年吗？还是他接受过帮助，或在度假屋里过冬，或至少用了某人的浴室？

被问到这些问题，奈特态度很坚决，并且有点儿生气。在最初出逃的几周里，他在某户人家过夜，此外他再也没有在室内睡过觉。"我没得到过任何人的帮助，任何时候都没有。"他和家人没有联系，他没有冲过澡，没有在床上、躺椅上或某人的沙发上小睡过一分钟。在四分之一个世纪里，头一次使用真正的厕所是在肯纳贝克县的监狱里。当他坐在警车后部被送往监狱时，是自他丢弃那辆布拉特后头一次坐汽车。"我是个贼。我引发了恐慌，人们有权利生气，但我没有撒谎。"

奈特似乎百分之百诚实，实际上他是不会撒谎，其他几个人支持这种说法。戴安娜·万斯说，作为州警察，工作的大部分内容是甄别人们是否对她撒谎，但是对于奈特，她没有疑问。"明确地说，"她说，"我相信他。"休斯警官对此有同感："我一点儿也不怀疑，他一直生活在那里。"

除去他承认的那次，没有丝毫令人信服的证据表明奈特曾在林子以外的地方过夜——承认本身就证明了诚实。他说不需要医疗护理，因为他没有暴露在细菌里；他将食物封存在塑料箱里，并始终放在营地之内；有人在时，大多数大型动物不会靠近。

他被捕时，漫长的冬季已过，他只剩下一套干净衣服——到了他要洗衣服的日子了。即便在冷天，他也坚持用海绵擦洗自己，如果能偷到大块黄色洗车海绵，那就再好不过，他就用来洗海绵浴。此外，他常常偷沐浴露和除臭剂。他话说得这么利落得体，因为事实上他的声带并没有因为不使用而变形或坏死，能够说复杂的句子和嘴巴无关，句子来自大脑，奈特的这种情形虽不同寻常，但完全行得通。奈特不知道有家姓奈特的人住在附近，但不管怎样，他们之间毫无关系；他的姓在缅因州中部很普遍。

他曾希望有更多的特大冰暴。"冰几乎是液体。真正的冷天，那种要人命的冷天，是不会有液体的。那次风暴来袭时，气温是零下二十八度。如果驾车行驶在路上，则很危险，但对我来说，这是新鲜事。事实上，它很有帮助。积雪上铺了一层厚厚的冰，我可以四处走动，不留痕迹。"

大部分北塘的本地人，在得知奈特的故事真实无误后，并没有改变想法。他们确信奈特是在设置古怪的骗局，所有相信他的人都落入了他的圈套。他们并不是和颜悦色地不买账，而是充满恶意地拒绝相信。有些人对东西被偷并不那么生气，但对有人相信奈特的故事很气愤。他们无法在奈特身上转过弯来，就仿佛他说自己拍打双臂就能飞翔一样。他的故事既真实又叫人难以置信，是一个令人不安的综合体。

当地人不依不饶是因为奈特的壮举违背了所有他们认为是自然的事，几乎和他们接受的一切教育背道而驰。在

《圣经·创世记》里，亚当的孤独是上帝首先不能容忍的事，"上帝说，那人独居不好。"

真正虔诚的基督教隐士已属稀有的一个原因——这样的隐士自十八世纪以来就不多了——是因为他们让教会害怕了。隐士通常是不受约束的思考者，思考生死和上帝，教会的规程千年不变，并且机械背诵教义，不会认同很多隐士的想法。托马斯·阿奎那，十三世纪的意大利神父，说隐士会颠覆顺从和安定，最好将这些人留在修道院里，受制于规章制度和日常作息。

"隐士必然是一个想做什么就做什么的人，"托马斯·默顿写道，他是美国特拉普派的一名修士，死于一九六八年。"事实上，他没有其他事情可做，这就是他既危险又受人轻视的原因。"

我最初让度假屋的主人们——后来也让很多其他人——估算自己不与人交往、独处过的最长时间。我是说不见任何人，不通过任何方式进行沟通，比如打电话、写电子邮件或发送短消息。就是一个人待着，不和外界联系，可以阅读、听广播或看电视。

百分之九十的人，通常在沉思片刻后，意识到他们从未独处过一天，通常不过是几小时的步行时间而已。我父亲活了七十三岁，从没一连独处十几个小时。我曾经独自进行过一次为期三天的野外旅行，但是途中遇见两个徒步者，于是停下来攀谈，所以我的记录是四十八小时左右。我认识的几位有成就的探险家能达到一星期的独处时间。遇见一个能达到独处一个月的非常罕见。

克里斯·奈特，数千个日日夜夜孤身独处，是个深不可测的露宿者。他的壮举远远超出了任何人的体力或精神极限，重塑了我们对极限的看法。事实上，每个冬天，奈特都在那片树林里，他在严寒中做的事既乏味又深刻。

他很遭罪。每当燃气和食物都消耗殆尽时，他常常变得"冷、冷、非常冷"。通常冷到叫人头脑麻木，但他总是能意识这种冷，他称之为"生理、情感、心理的痛苦"。他身上的脂肪在消耗，胃在咕咕乱叫。他感到死亡就在不远处，尽管如此，他仍然拒绝生火或者留下一个可被追踪的脚印。

最糟糕的情况过去之后，他时刻关注电台里的天气报道，等待暴风雪来临。附近几户常有人住的人家奈特从没下过手，冬天这里几乎空无一人，他知道哪些季节性度假屋里可能还留有食物。使出最后一丝力气，他步履艰难地穿过森林，越过冰封的池塘，去袭击某个度假屋，等到返回时，雪花开始纷纷落下，将他的踪迹顷刻间抹除。

他不会一直保持无动于衷的中立立场。有时，一件细微的小事会钻入他内心深处某个藏匿情感的角落。一次，收听广播时，电台在播报学校的停课事宜，他一下子陷入情感的旋涡。广播里提到了他原先就读的中学，播报时间就那么一小会儿，但大量的记忆复活了。奈特感到自己的胸腔里充满忧伤。他的人生怎么会成了这个样子？

他偶尔也会思念家人。"我认为更确切的说法是，在一定程度上思念家中的某些人。"他承认道。很长时间里，家人不在他心上。忽然，一个记忆被触动，接着他们就出现在他脑海里，栩栩如生。他最想念他的妹妹，苏珊娜。她是和奈特年龄最为接近的同胞手足，比他小一岁，患有唐氏综合征。"她是我童年时代相处时间最多的人。"他说。

有几次，他也哭泣，他承认道，但他没有讲述更多细节。偶尔会有结束避世的想法，尤其是最初的十年里。他给自己留了一手，在帐篷里放了口哨。他知道，如果自己虚弱到无法移动，连续吹响三次口哨，尖锐的哨声会传到湖对面去，救援可能会到来。

过了一阵，他决定不用这个哨子。他下定决心，不会主动从林子里现身。文明就在三分钟的路程之外，但他除了去偷窃，从不过去。"我准备好死在这里了。"他说。

21

一千位诗人都在吟诵孤独——"让我活着，无人看见，无人知晓。"亚历山大·蒲柏对它心向往之——但更多人却诅咒它。孤独是福祉还是不幸，似乎往往取决于它是出自被迫还是心甘情愿。强制性隔离是最古老的惩罚之一。在古罗马期间，流放被广泛地使用（诗人奥维德就是在公元八年被放逐的，可能是写了些不雅的诗篇）。在很多个世纪里，最严厉的惩罚就是放逐，犯了事的水手被遣送到一个无人居住的岛上，有时候会给他一本《圣经》和一瓶朗姆酒。大多数人从此音信全无。

在美国的刑罚制度中，最坏的非致命惩罚是单独禁闭。

它是"你一个人的地狱"，罗伯特·斯塔克说，他在路易斯安那州的监狱里，被单独关了好几年，因为谋杀罪而服刑。托马斯·西尔弗斯坦在一九八三年杀死了一名监狱看守，自那以后（除去监狱发生暴乱的那一周时间），一直被单独关押在一个钢筋水泥盒子里，再也没有感受过一次充满爱意的抚摸。感觉他好像已经被"活埋"，西尔弗斯坦写道："被活埋了整整一辈子。"

托德·阿斯克，在一个没有窗户的大牢房里被独自关押了二十五年，描述他自己的境遇如同"持续的无声尖叫"。约翰·卡塔扎里特在加利福尼亚监狱被独自关押近十四年，说他开始神志不清时，感到很高兴，因为这也许能够将自己从可怕的现实中解脱。

被单独关禁闭十天后，很多犯人显示出精神受到伤害的迹象。一项研究表明，三分之一的人最终会发展成精神错乱。在美国，至少有八万这样的犯人。联合国已经认定，将一个人单独关押十五天是残忍而又非人道的惩罚。

"孤独，是一件糟糕的事。"约翰·麦凯恩说。在他成为美国参议员前，曾在"越战"期间被囚禁了五年多的时间，其中有两年是单独关押。"它摧毁你的精神，"麦凯恩又说，"紧接着绝望感向你袭来。"弗吉尼亚大学的研究表明，大多数的男人及百分之二十五的女人，宁愿接受轻微电击，也不愿什么事都不干，只是静静地坐十五分钟。除非你是训练有素的冥想者，这项研究的作者总结道，"头脑不喜欢独处。"特里·安德森，一九八五年在黎巴嫩被绑架，六年多里，大部分时间是一个人，他说："一个最差劲的伙伴也好过没人做伴。"

很多进化生物学家认为，早期的人类，比起其他动物来，体格更弱，速度更慢，其迅速壮大主要得益于他们极强的合作能力。人类的大脑是用线路连接的——核磁共振影像显示，在我们面对社交疼痛时，那个让我们感觉到身体疼痛的神经回路同样会被激活，比如在人群中被孤立，或在操场上最后一个被选中。

自二十世纪五十年代起，威斯康星大学的心理学教授哈里·哈洛开展了一系列的实验，年幼的恒河猴从三个月大时就被隔离出猴群，可能从此一辈子都会举止失常。对前南斯拉夫战犯的头部进行扫描，影像显示长时间没有人际交往，大脑会受到伤害，其程度等同于受一次创伤性的打击。在被俘期间，约翰·麦凯恩断了两条胳膊和一条腿，后来还患上慢性痢疾，但是他暗示，孤独引起的疼痛更让人难以承受。

我们天生或因后天环境刺激形成的社交能力，也许在一开始就让我们的大脑变得如此强大。"理解和破译社交线索，"社会神经系统学家约翰·卡乔波写道，"在任何时间，对我们任何人来说，都是一种复杂的认知活动。"需要不断地辨别敌我立场，要在起初对己不利的情况下，为群体的利益行动，要懂得如何说服、引诱和欺骗，很可能由此我们的大脑皮层就发展起来，由此带来的结果是，人类取得了支配权。

此外，进化选择的遗传基因加强了与人相处时感到的愉快和安全感，而独处时则感到紧张和害怕。不请自来的寂寞会让人得病，作为引发疾病或早逝的危险因素，社交孤立和高血压、肥胖或吸烟所引发的危害一样大。"人类的幸福依赖于联系，"卡乔波写道，"我们的大脑和身体都被设计成协同工作，而不是孤立。"

联系与合作让人类得以超越；这些品质也在一些最古老的生命形式上得以延展。很多动物展示出它们极其热爱聚在一起谋求福利。蜂群、羊群、牛群、鱼群、鹅群，各种动物群体（也有独狼和孤猿，甚至还有离群索居的大黄蜂，但它们是动物王国基本法则外的特例）。沙门氏菌也协同作战，它们会发出信号，以帮助它们决定对寄主发起集体攻击的恰当时机。一个婴儿在八个月大时，和别人的关系就已经形成了。只有奈特，以及历史上所有和他一样的隐士，是难解的谜。

在奈特被捕并入狱后，他渴望被单独监禁。"我盼望、希望、幻想有间自己的牢房，"他在某一封信里写道，"想到这被认为是一种惩罚，真是想大笑。"但不能笑出声——奈特总是确保自己在心里无声地发笑。他担心，如果在监狱里被看见因为想到了什么滑稽之事而咧嘴笑，更会被认为不正常。

入狱的头几个月，奈特有一个狱友，但他几乎没有跟他说过一句话。他最终被转移到单人牢房，他感到很是宽慰。

孤独是产生伟大的原材料，但独处对我们的健康是有害的。很少有其他情况会产生如此截然相反的反应，当然，天才和疯狂往往享有同一条边界。但有时候，自愿选择的孤独也会将人送到边界的另一头。

一九八八年，一个叫维罗妮克·勒冈的洞穴探险家自愿接受一个极限试验：不带闹钟，独自居住在法国南部的地下洞穴里一百十一天，整个过程由科学家监控，他们希望研究在没有时间提示下人体的自然节律。不久，她就形成了三十个小时醒着、二十个小时睡觉的模式。她描述自己"心理完全异位，在那里，不再知道自己的价值，或什么是我生活的意义"。

当她回归社会后，她丈夫后来评价说，似乎内心有一种虚无感，无法畅所欲言。"我一个人在洞穴时，我是自己的法官，"她说，"你是自己最严厉的法官。你不能说谎，否则一切都失去了。我从洞穴生活得出的最强烈感情是我不再容忍谎言存在于我的生活之中。"一年过去没多久，勒冈吞食了过量的巴比妥酸盐，倒在巴黎她自己的汽车里，在三十三岁的年纪自杀身亡。"参与这样的试验是有风险的，会变得半疯癫。"自杀前两天，她在一档广播节目里这样据实说道。

首届单人环球帆船比赛，"金球奖"，始于一九六八年。来自法国的伯纳德·穆瓦特西耶在快要赢得比赛时，意识到自己非常喜欢一个人待在船上，害怕回到喧嚣的社会中去。他退出了比赛，在接下去的七个月里继续航行，几乎又一次完成环球航行。他发现取得个人胜利比赢得任何比赛都有意义。"我是自由的，前所未有地自由。"他写道。

但是"金球奖"的另一位竞争者，来自英国的唐纳德·克劳赫斯特，变得日益孤独和抑郁，并开始发送虚假的进程报告，最终他退回到舱内，撰写了一篇冗长而充满幻觉的论文，然后纵身跃入大海。尸体从未被发现。"结束了。结束了。这是慈悲。"这是他最后写下的几句话。

同样是孤独，大海带来的巨大空虚，让穆瓦特西耶迷醉，却让克劳赫斯特走向疯癫。看起来，奈特的内心兼具两位水手的影子，一明一暗，一阴一阳，一冬一夏。他称之为"痛苦和愉悦"。他认为，二者都很重要，相辅相成，无法分离。"痛苦是生活如此深刻的一部分。"罗伯特·库尔写道，二〇〇一年他在巴塔哥尼亚的一座岛上独自居住了一年，"我们如果努力去回避痛苦，那么最终会将整个生命都回避掉。"

"人类有时候，超乎寻常、满怀热情地爱着痛苦，"陀思妥耶夫斯基在《地下室手记》中写道，"痛苦是意识的唯一来源。"

哈佛大学心理学教授吉尔·胡利认为奈特的行为体现了分裂型人格障碍特征，他评论道，痛苦是奈特为了留在林子里付出的代价。饥饿与寒冷、每次破门时的胆战心惊、明知不对却还要做的愧疚感，以及整个冬天都面临生死考验。"付出的代价高得离谱，"胡利说，"但显然他愿意付出这些代价。"再痛苦也比另一种选择好：回归社会。因此，胡利总结道，奈特一定在心理上从离群索居中获得了某种极大的益处。

奈特说，在林中，很多最宝贵和最深刻的经验，是在他临近最可怕的时刻获得的。在死气沉沉的冬天，没有一片叶子发出响动，没有一丝风，没一只臭虫或飞鸟。整个树林被死死地锁在一片寂静中。这就是他所渴求的。

"林子里最让我想念的是，"奈特说，"那种介于宁静和孤独间的时空。我最想念的是静止。"要到达这种原初的境界，森林需牢牢地冻住，动物得躲进坑里，而他不得不将自己带到死亡的边缘。

只有听到缅因州的州鸟"赤卡第山鸟"吟唱的声音，他才知道冬天要撤离了。"很快就临近尾声了。"这种感觉，他说，极其重要，他称之为庆祝，叽叽喳喳的鸟叫声在林中骤然响起，这些头顶黑帽的小鸟在光秃秃的树枝上跳动，叫着它们自己的名字，"赤——卡——第——"，几个月来无声的痛苦要临近结束了，这是生命之声。如果他身体里还剩有一些脂肪，他很骄傲。大多数时候，是一点儿也没有。"在经历一个严酷的冬天之后，"奈特说，"我唯一的想法就是，我还活着。"

22

积雪融化，鲜花盛开，昆虫嗡嗡地鸣叫，鹿儿在交配繁
殖。一年一年地过去，一分钟一分钟地流逝。"我失去了对
时间的掌控，"奈特说，"年份是毫无意义的。我通过季节更
替和月圆月缺来估算时间。月亮是分针，而季节就是时针。"
春雷炸响，野鸭飞起，松鼠秋收，冬雪降临。

　　奈特说，他不能够准确地描述在这么长时间里独处的感
受是什么。沉默是不能转化为言语的。他担心如果他试着转
化，会看上去像个傻瓜。"或者，更糟糕的是，信口说出伪
智慧或小公案。"特拉普派修士托马斯·默顿曾写道，没什
么可以表述孤独，"没什么能比松林间的风说得更好。"

在林子里遭遇的一切，奈特声称，是无可名状的。但他同意暂且抛开对伪智慧和公案的顾虑，做一下尝试。"这很复杂，"他说，"孤独能让有价值的东西得以提升。我不能不这样想。孤独提升了我的智识。但天意弄人：当我将提高的智识运用到自身时，我丧失了身份。没了听众，没了展示的对象。没有必要定义自我。我变得无关紧要。"

奈特说，横在他和林子间的分界线，看上去消失了。他的孤独似乎更像一种共享。"我的欲望在逐步消失。我不渴望任何事情。我甚至没有一个名字。用一种浪漫的说法：我完全自由了。"

事实上，所有书写过深度孤独的人都对它进行过不同表述。你独自一人时，对时间和界限的意识变得模糊。"所有距离，所有措施，"赖纳·马利亚·里尔克写道，"都为那个变得孤独的人而改变。"这种感觉早已被描述过了，早期基督教隐修者、佛教和尚、先验论者、萨满教巫师、俄罗斯上师、日本圣人、孤身探险者、美洲土著人以及因纽特人都描述过，他们都讲述过这种对灵境的追寻。

"我成了一个透明的眼球，"拉尔夫·沃尔多·爱默生在《自然》里写道，"我什么也不是；我看见了一切。"拜伦勋爵称之为"无限的感觉"；杰克·凯鲁亚克在《荒凉天使》

里写道："无限的思想。"法国天主教神甫夏尔·德·富科独自一人在撒哈拉撒漠居住了十五年，他说，在独处时，"你将灵魂这所小房子里的一切都清空了。"托马斯·默顿写道："真正的隐士不是找寻自我，而是失去自我。"

这种自我的丧失恰恰是奈特在林子里所经历的。在公众场合，一个人总是戴着展示给别人看的社交面具。即便独处或照镜子时，你都在表演，这就是奈特从不在营地保留镜子的原因。他放弃了所有自欺欺人的花招；他谁也不是，却成了我们所有人。

过去、梦想之地、未来以及思念之地，似乎都蒸发了。在永恒的当下，很大程度上，奈特仅仅是活着。他不在乎人们是否对他在林子里的所作所为产生误解。他不是为了让我们理解而这么做的。他没想证明任何一点。没什么道理可言。"你就在那里，"奈特说，"你在。"

丹津·葩默出生于伦敦附近的戴安佩里，是仅有的第二个成为藏传佛教尼姑的西方女子。在佛教中，长时间闭关仍然很盛行。一九七六年，葩默对孤独产生了极其浓厚的兴趣，当时她三十三岁，她搬到了喜马拉雅山北部一个偏远的山洞里。她一天只吃一顿饭——偶尔有给养送到她的住地。她在高山上度过极其寒冷的冬天，大部分时间用来冥想。一场持续七天的暴风雪堵住了山洞的入口，让她面临窒息死亡的危险。

葩默在山洞里住了十二年。她从没躺下过一天，睡觉是端坐在一个坐禅用的木箱子里。她说孤独是"世上最容易的事"。她从没想过去其他任何地方。她克服了对死亡的一切恐惧，她坚信自己感到解脱。"你想得越多，越觉得没什么可想。"她说，"我们认为必须到达某地，或获得某物，基本上是错觉。"

英国自然主义者理查德·杰弗里斯一八八七年死于肺结核，时年三十八岁，他短短一生的大部分时间都在英国的树林里行走。他的一些想法似乎和奈特相似。杰弗里斯在他的自传《我的心灵故事》中写道：那种被社会所赞颂的人生，包含了辛苦的工作、做不完的杂务以及一成不变的日常作息，除了"将思想圈禁起来"，无所作为。我们的整个人生都浪费了，杰弗里斯说，在无尽的小圈子里打转转；我们都"像马一样被拴在钉进地里的铁桩上"。杰弗里斯认为，最富有的人是工作最少的人，"无所事事，"他写道，"是一件大好事。"

像奈特一样，对杰弗里斯来说，想要独处的愿望是一种无法抗拒的吸引力。"我的头脑希望远离其他一切，独自过活。"杰弗里斯写道。在孤独中，他说，可以沉思默想，让他可以"站得比上帝更高，想得比祈祷者更深"；没有比独处更好的事了，"面对太阳，光着头在天地之间，宇宙的巨大力量就在眼前。"

但是孤独犹如剃刀边缘，是有危险的。对其他人，对并没有选择独处的人——如犯人和人质——丢失由社会创造的身份是恐怖的事，会让人陷入疯狂。心理学家称之为"存在性不安"，会渐渐失去自我。爱德华·阿贝在《沙漠隐士》里说，长时间独处，完全融入自然界，"意味着冒险抛弃一切人道的事情。"《沙漠隐士》记录了他曾两次作为骑警在犹他州拱门国家遗址公园驻扎六个月的经历。那些对此害怕的人，感受到的唯有孤独和与世隔绝的痛苦，而不是亲身体验孤独，时而让人喜悦，时而让人狂躁。

"我从不感到孤独。"奈特说，他享受独处的圆满，而不是对他人的缺席感到失落。有时候，有意识的思维被内心的低语替代。"一旦你品尝到孤独的滋味，你就不会想到自己正孤单一人，"他说，"如果你喜欢独处，你就不会觉得孤单，明白吗？或者我又像是在说一桩公案了？"

为了更好地理解孤独，纽约大学的一位认知神经学家为二十几位和尚和尼姑进行核磁共振扫描，追踪他们在冥想时流入大脑内的血液。其他神经学家也做过类似的研究，结果仍然是初步的，但它表明，如果人的大脑自愿选择静默时，与睡眠截然相反，大脑不会放慢节奏，而是活跃如初；变化的仅仅是运转的部位。

语言和听力被设置在大脑皮层，这些褶曲的灰色物质像一层包装纸一样覆盖在外脑的最外层，有两毫米厚。当人处于静默时，甚至没在看书，大脑皮层通常是处于休息状态，同时，更深层更原始的大脑结构似乎被激活了——皮层下区域。那些生活忙碌喧嚣的人很少能够获准进入这些区域。静默，它似乎并不是声音的对立面。它完全是另一个世界，确确实实提供更深层次的思考，是一次探寻自我本真的旅程。

在监狱探视室里，弓着身子坐在凳子上讲述自己的内心旅程，奈特似乎处于一种内省的情绪中。尽管他讨厌派发智慧，但我还是想知道，他是否愿意更多地分享独处的心得。几千年来人们一直带着这样的诉求去接近隐士，迫切地想跟他们请教，因为他们的生活是如此非同一般。詹姆斯·乔伊斯在《一个青年艺术家的画像》中写道：一个隐士能够进入"荒凉生活的核心"。

隐士们的回答通常是费解的。丹津·葩默在被要求总结一下在山洞里十二年的静默生活时，只说了句："好吧，它不曾无趣。"拉尔夫·沃尔多·爱默生写道："想得越多，说得越少。"《道德经》说："知者不言，言者不知。"在道格拉斯·亚当斯的《银河系漫游指南》中，伟大的计算机"深思"就这个问题运行了七百五十万年，揭示了生活、宇宙及万物的答案就是数字四十二。

现在，我觉得该轮到自己来发问了。我问奈特，在野外，有没有非同凡响的顿悟？我提出这个请求，是认真的。深奥的哲理，或至少是能帮我看清杂乱无章生活表象的真理，总是躲着我。奈特的所作所为和梭罗差不多，事实上，也许正是这两个男人间的相似性，使奈特对他嗤之以鼻。梭罗在《瓦尔登湖》里写道，他将生活精简到了最基本的水准，那样能够"深入生活，吮吸出生活所有的精华"。

也许，我以为，奈特会谈论生活的精华。

他静静地坐在那里，不知是在思考还是在暗自恼火，或者二者皆有。很难分辨。但他最终给了一个回复。感觉像是某个伟大的神秘主义者准备揭示生活的意义。

"睡眠要充足。"他说。

他的下巴呈现的姿态表明，他不准备再说什么了。这就是他所领悟的。我认同这个真理。

23

无论是否意识到岁月荏苒，奈特仍然难逃时间法则的控制。他在变老。尽管生存技能登峰造极，效率大幅提升，却像一名处于衰退期的运动员，他的身体节奏跟不上了。在很长一段时间里，他能把两个燃气罐同时扛在背上，现在只能扛一个。

视力问题一直以来令人担忧。年轻时他的视力就不好，所以他非常注意保护眼镜。"我知道，如果把眼镜弄破了，问题就来了，"他说，"那种小心谨慎蔓延到了我的全身。"然后，一本正经地——他喜欢说俏皮话——又说道："所以我不在卵石上侧手翻筋斗了。"

即便如此，一条手臂距离之外的世界也无法被看清。他的眼镜渐渐失去作用，林子里的一切都或多或少地变模糊了。每次破门进入一户人家，看到眼镜，他总是会试戴一下，但从没找到一个更好的解决方案，因此他总是多用耳朵少用眼睛，那样即便某天眼睛失明了，也没关系。他在自己的主场。"你在自己家里走动需要眼镜吗？不需要。我也不需要。"

历史上的大多数隐士，尤其是那些独居的隐士，不是在隐居中慢慢变老的。他们是在等到上了一定年纪，积累了大量经验和智慧以后，才离开这个世界的。奈特在二十岁的年纪就从这个世上消失了，他从未接受过一句教导和指示。没有长辈可以请教。他是这块小小土地上的国王和看守人，他相信，这个王国以外的世界没有东西可以教给他，也没有什么可以给予他。他完全自己做主。

他牺牲了大学教育、职业生涯、妻子、孩子、朋友、假期、汽车、性生活、电影、电话和电脑。他这辈子从没发过一封电子邮件，甚至从没见过"因特网"。他的人生里程碑没那么重要。某种程度上，奈特有所转变，从喝茶转向了喝咖啡。他最终承认，古典音乐比摇滚乐更能给他的心灵带来慰藉。他的宠物蘑菇长大了。他偷的掌上游戏机体积越来越小，性能越来越好。即便视力模糊，他也知道每一对在他林子里产仔的秃鹰。他开始喝更多的酒。

他跌倒过几次，摔得很重，但从没摔断过骨头。有一次，他在冰上滑倒，重重地摔到了左手臂，之后的一个月里手臂都无法拿起茶杯，不过那就是他受伤最重的一次了。长期生活在户外，手上和腕上常会有些瘀青，但随着年纪增长，它们似乎久久不会褪去；愈合的速度大不如前了。此外，他总是牙疼。

一些疑问悄悄地爬上他心头。不知道是不是吃的那些糖令他得了糖尿病，他想到了癌症，或是心脏病发，但仍然没有考虑看医生。他接受人总有一死。

入室洗劫比以前困难多了，小屋主人加固了门锁，屋内的安保体系比起早年他在那份短暂的工作中所接触过的都要复杂很多。监控摄像头被广泛使用，并且很难破坏。

尽管每次洗劫他都万分地谨慎，首要原则就是从不进入有人住的度假屋，但是平均概率法则开始找上他了。他终于经历了被他称之为"反常"的事物。或许在经历了成百上千次的成功后，他有了一丝懈怠或者自信过头了。

二〇一二年一个周三的傍晚，凯尔·麦克道格决定一个人在自家的度假屋里过夜，他们家在北塘有块祖传的地产。

那年，麦克道格二十岁，他这一辈子都在听有关隐士的传说。他的祖父尤其喜欢给他们讲这些。麦克道格当时为一家光纤公司工作，开着公司的一辆大型卡车，没办法将它停放在狭窄的车道上，所以他将这些设备留在较远的地方。麦克道格说，也许这辈子就这一次没将车停在小屋的车道上。他钻入度假屋阁楼的睡袋里。

"我醒了过来，听见楼梯上有人，然后看见一束手电光。"麦克道格回忆道，他大声打了声招呼，但没有人回应，他立刻知道，这半夜三更出现的不是家里人。"我没有手电，也没有一把刀，或一杆枪，我被困在楼上了，所以首先想到的是吓唬他，因此我大喊：'他妈的给我滚出去！'还声嘶力竭地加上了一连串的脏话。听到这些，这个入侵者立刻撤退了，或者可能是滚下楼梯的，嘭——嘭——嘭——"麦克道格说，然后，他也逃离了小屋。

麦克道格从没见过那个入侵者，但他注意到屋内有扇纱窗被弹开了，被抵在一面墙上。"我显然被吓到了。我报了警，但他们能做的也相当有限。"

关于这个意外事故，奈特感觉很糟糕。"我不愿去想，把某人吓成那个样子，"他说，"真的让我很不安。"

随着奈特年龄的增长，北塘的人口也在增加，每年都有新建或扩建的房屋，住户增多了，林子里的人也更多了。奈特对异常的声音总是很警觉。他经常听到徒步者的响动，但离他营地较远，偶尔有几次，在林子里穿行时，感觉附近有人，他都有足够的时间飞速离开，或者悄无声息地隐藏好。

有一次例外，发生在二十世纪九十年代的某天。那之后他几乎只在晚上出来行走，并且从来不走林间小道。那天，他走在一条人迹罕至的小道上，转个弯，冷不丁地出现一个人。奈特说不出那个徒步者长什么样，没有朝他看。他试图摆出一副漠不关心的模样，但心里很恐慌。两个男人都没停下脚步。奈特说了声"你好"，那个男人说了声"你好"，然后各自继续走路。

这是二十多年来，他头一次和人打照面。接着在一个寒冷的冬日，奈特正猫在他的营地里，听到林子里有一群人正在穿越厚厚的积雪。脚步声越来越大，也越来越近，树枝的断裂声大得如同爆竹，暴露的危险在增加，奈特终于决定走出营地去察看一下情势。他不想被人看见，但也不能冒险让别人在不经意间发现自己的窝。

他悄悄地走了十几步，他们就在那里，在一片噼啪声中大口地喘着气。三个男人，祖孙三代——儿子、父亲和祖父，在冰上钓了一天鱼后，兴高采烈地大步穿行在林中。奈特蹲下身子，他说，但是为时已晚。他被看见了。据奈特说，其中一人向他喊道："嗨！"

奈特站起身。他戴着一顶黑色的滑雪帽，一件蓝色夹克衫，底下是一件带帽子的卫衣，胡子刮得干干净净。那位父亲，罗杰·贝拉万斯，举起双手，一只手上抓着一副望远镜，表示手上没有枪。奈特的手在口袋里，但他伸了出来，表明手上也没有武器。"我仅仅用双手试着传达一个意思，我是无害的，不会对他们造成威胁。我不会向他们靠近。"奈特坚持说，他没说过一句话——"我是用肢体语言沟通的。"——但是贝拉万斯回忆说，他咕哝了几句。

那位祖父，托尼·贝拉万斯，很快感觉到他们遇见了北塘隐士。他知道这个传说；他清楚地知道那些小屋曾经被盗。但是站在隐士面前，贝拉万斯确信，隐士是个退伍老兵，打定了主意要做某件很有必要的事。

"他说，我们必须任由他去。"那位父亲回忆道。他说，他不会伤害任何人。他在这里自有他的道理，他说，他不想和人打交道。"我父亲有点法国人的风范，很大度，他认为这家伙需要独处，不想被人打扰。"儿子和父亲不想违背祖父的意愿，因此照他说的做了。

这三个男人都大声承诺不去打扰他。"我们发了个誓，"

祖父说，"发誓永远不说出去。"

隐士点点头。接着，他的两条手臂仍然向外伸出，手掌摊开，好像准备接一个沙滩球，半个身子前倾，他向这三个男人鞠躬。"我不知道自己为什么鞠躬，"奈特说，"我想是要表达谢意。"整个过程不超过几分钟。

这几个在冰上钓鱼的人信守了承诺，虽然那位父亲将此事告诉了妻子，但她对他所说的半信半疑。没人拍下照片或视频。罗杰说，好几次，他得遏制想返回林子和隐士交谈的冲动，但他尊重奈特的隐私。直到奈特被捕之前，这几个男人什么也没有说；接下来，罗杰认为自己也许能帮助执法部门找到营地，于是将此事告诉了万斯，可是她不信。

奈特说，他没有提及和冰上钓鱼客遭遇的事，是因为他认为他们之间的协定仍然有效。他对这个约定的理解是，大家从此都不再提起此事。我在八周内第七次去监狱探访奈特时，告诉他，事实上，贝尔万斯一家已经对别人谈起过此事了。此时奈特才感到协议已经被打破。

"还有别的约定吗？"我问，"还有其他人找到过你吗？"

"没有，没遇见过其他人。"奈特保证。人们已经寻找他多年了，如果有人暗示已经发现他的营地，消息很快就会传开。

"你能和我做个保证，你没在帮其他人打掩护吗？"

"是的。"

和钓鱼客的不期而遇，正是奈特建立起紧急备用体系所要防范的那种事。他本应该在那几个男人看见他前，就弃营地而去，或者事后马上把营地拆除。

他说，自己认真考虑过撤离的事，但积雪还没化。"要搬迁的话，我不得不留下脚印，我没有多少食物了，于是我冒了个险，没准他们是好人呢。"此外，奈特承认，做个一切重来的计划很累人。如果他再年轻些，几乎一定会搬家。他说，就在那时，他意识到"包围圈在逼近"。

在被钓鱼客撞见的两个月后，积雪开始消退，山雀开始吟唱，他的供给几乎为零，奈特离开营地，进行了一次午夜大偷袭。他撬开了松树营餐厅的后门，将背包装满后，向外走去，突然被一束强光照花了眼，有人对他大声地喊——趴地上。

24

那几个钓鱼客认为奈特不应该被关起来。"如果我有一百万美元，"那位祖父托尼·贝拉万斯说，"我会买上四十公顷或八十公顷的土地，我会把他安置在正中间，然后在周围张贴标志，让他按自己喜欢的方式生活。"贝拉万斯七十几岁，在这片区域有个家，但他从来不是奈特偷盗的受害者。

哈维·切斯利是松树营的设备主管，迄今为止，他所遭受的损失是最大的，但他也有类似的感觉。"我一直在想，如果我逮他个正着，没准会放他走，"切斯利说，"只是速冻宽面和豆子——不是什么了不得的东西。他只偷生活必需品。他赢得了我的尊重。"

丽莎·菲兹杰拉德，这位奈特所在营地的业主说，发现有陌生人在她的地块上居住了好几十年，"没什么令人难过的。"她说。如果此前发现他，她或许不会报警，甚至不会赶他走。

那些相信奈特故事的当地人，对此事的反应会温和些。他们说，奈特的壮举激发了想象力。在北塘，每当告别平静的周末时，你忍不住会设想，不如辞了工作留在此地度过余生。每个人都偶尔会梦想逃离这个世界，但接下来你会钻进汽车，乖乖地开车回家。

奈特却留下来了。没错，为了让这种逃离持续下去，他一次次地干违法之事，但他从来不是暴力的。他没有携带武器，他甚至不想见任何人；他只是个极度内向之人，并不是一个铁石心肠的罪犯。他遵从了一种非常奇怪的召唤，比我们大多数人都敢于直面真正的自我。他显然无意成为我们这个世界的一部分。

有几个居民承诺为奈特提供土地居住。其他人说，让我们发起一个募捐，给他足够的现金，够他买上好几年的日用品，那样就不需要行窃了；应该立即将他从监狱里释放出来，并允许他回到林子里去；他从不伤害人。

人身伤害的确是没有，但是另一些当地人对奈特的行径非常生气。偷的那些物品也许无关紧要，但同时他也带走了人们心中的那份安宁——安全感。有人说，害怕睡在自家的度假屋里，提心吊胆了几十年。

　　"我感觉被侵犯了，一次又一次，一而再，再而三。"黛比·贝克在北塘和丈夫共同拥有一块土地，已有二十多年。"我数不清他进来过几次。"她有两个儿子，小的时候，他们非常害怕这个隐士，晚上做噩梦会梦到他。家里装了安全灯和防盗锁，甚至让一名警察守候了大半夜都无济于事。"我痛恨这个男人对我们做的事。"贝克说。

　　玛莎·帕特森，她的小屋经常被光顾，她说奈特偷走了母亲传给她的一些银器，和几条她很喜欢的手缝棉被，但真正的损失是更深层次的。帕特森只想让这个小屋成为躲避日常生活压力的地方，而奈特让她的这个愿望落了空。"我没法在屋里没人时就让窗子开着，甚至离开家坐在海边时，也禁不住担心。"她说，"他将我天堂里的一切都偷走了。"

　　"如果有人需要食物，"玛丽·欣克利说，她遭受过数十次入室盗窃，"我会给他们食物，只需开口，但是我们被侵犯了，完全被侵犯了。孙子孙女在这里的时候，我一直担心，他会在晚上到来。我瞧不起这人。有这样的想法，我感到很羞愧，但我的确是这么认为的。我想不出这辈子还有什么事让我这么苦恼。"

很多人说，如果奈特真的想住在林子里，他应该在公共土地上以打猎或钓鱼为生。别人怎么会知道他没武器，不是个危险人物？实际上一次入室盗窃行为就可以判他十年监禁。奈特什么也不是，就是一个懒人加上小偷，再乘上一千倍。他应该被关进州立监狱，也许关上一辈子。

地方检察官梅根·马洛尼负责收集不利于奈特的证据，并决定他该受什么惩罚。马洛尼出生在缅因州的一个蓝领家庭，从小住在受政府补贴的房屋里。作为学生代表，她在高中毕业典礼上演讲，曾获哈佛法学院的奖学金。她听取了公众对奈特的不同意见——立即释放他，或永久监禁他，她也很矛盾。"就很多方面而言，"马洛尼说，"法律不是为这样的特例设置的。"

奈特自己没有寻求宽大处理。"我的罪行无可开脱，"他说，"我希望人们不要为了怕玷辱对我的敬意而试图替我的不良行为开脱。整个都打包拿走，好的以及坏的，在这个基础上对我进行审判。不要专捡好的，不要为我找寻借口。"

"人人都找借口开脱。"特里·休斯说，他曾目睹奈特在松树营餐厅招供。"罪犯会否认，否认，再否认。那就是你和罪犯打交道时需要面对的事情，那就是我们所生活的世界。我已经习惯了这一切。"

休斯说，他从没遇到过一个像奈特那样的人，能诚恳而坦率地供认自己的罪行。他对一切都供认不讳，休斯指出。奈特爽快地承认了一千起入室盗窃案。他明白自己干的是错事，并为此感到尴尬和懊悔，但他把一切都承认了。"我一心一意地想要讨厌这家伙，"休斯说，"我是个典型的顽固分子。他居然到残疾人营地来偷吃的。但是我没法讨厌他。因为有可能你在执法部门工作一百年，也碰不到像他这样的。"

"毫无疑问，这是一个很奇怪的案子。"奈特的公益辩护人瓦尔特·麦基说，麦基以他的职业道德和专业知识享誉缅因州。每天凌晨三点十五分，麦基都会到达办公室。他也是古典小提琴手、登山爱好者、私人飞机驾驶员以及父亲和丈夫。"麦基先生不睡觉。"他公司的网站这样写道。为了奈特的利益，他同意放弃奈特的迅速审判权。

现代隐士团体——它的确存在——也对奈特的是非功过进行了辩论。在隐士网站有一块名叫"隐士栏"的区域，被描述成"各类隐士的论坛"。在被允许发帖之前，必须由一位笔名叫"梦湖"的网站管理者来判定你是否是一名合格的隐士。论坛目前有一千多名成员；也许并不出乎大家意料，很少有两位或三位以上成员同时在线。

隐士圈的人普遍认为奈特不应该被视为隐士。他简直是对隐士的侮辱。"梦湖"写了一篇关于奈特那样的隐士的帖子。"认为隐士以偷窃为生的想法，坐实了'隐士寄生虫'这个最糟糕的偏见。"梦湖"写道，"历史上，没有隐士，尤其是那些受精神感召隐居荒野的人，会起丝毫想要侵占他人之物的念头——无论是身体、思想、时间、空间还是物资。"梦湖"又补充道："偷盗行为普遍被其他隐士所不齿，因为它表明此人缺乏自律，没有同理心，并对社会造成了威胁，所有这一切都违背隐士的理想。"

无论算不算正式的隐士，奈特都付不起保释金，只能继续待在肯纳贝克县监狱。被关进监狱一段时间后，他得了严重的鼻伤风，之后，他的免疫系统就发挥作用了，病情得到了控制。他收到了一副新眼镜，三十年来的头一副新眼镜，椭圆形的镜片，银色金属框架。

他瘦了，就像经历了一个严酷的冬天那样，形容枯瘦。他开玩笑道，现在食物不限量供应，他却吃不下了；其实，监狱让他焦虑过度，以致没了胃口。他是个模范囚徒，副治安官瑞安·里尔登说。他的胡子——他的计时器和伪装——疯狂生长，更加痒痒，但他拒绝剃除。

奈特以为，他的双亲都已过世，但是在他被捕后不久，戴安娜·万斯就做了一个背景调查。她告诉他，他的母亲乔伊斯·奈特仍然在世。她八十几岁了。克里斯恳求万斯不要去联络她或家里的其他人，她同意了。即便被关在监狱里，他也希望不为人知。

奈特被捕六天以后，万斯告诉他，消息已经走漏。他的母亲很快会通过媒体得知他的情况。奈特允许万斯通知他的母亲，他已被找到。

她打电话给奈特夫人。"我没有转弯抹角，"万斯说，"我直接把消息告诉她了。我觉得她很震惊，因为很可能她认为他已经死了。然后我想她会很生气，因为他一直在犯法，现在进了监狱。我记得她说：'我这把年纪，真是消受不起了。'"

奈特在监狱接受了两个哥哥乔尔和蒂莫西的一次探视。是乔尔帮他联名担保了那辆被丢弃的布拉特牌汽车的贷款。根据这家人的朋友克里·维格说，乔尔付清了所有欠款，从没提起过上诉。"乔尔认为那样做就没有兄弟情分了。"维格解释说。

克里斯不让母亲来监狱探望。他说，和母亲相见会令她感到羞愧和难过。"看看我：穿着囚服。我不能让她看见我这个样子。我是个贼,犯下这么多罪行,正在坐牢。母亲把我养大不是为了让我成为今天这个样子。这里不适合她。"

奈特说,同样的理由,在林子里期间,他从来不打电话回家。"因为我的身份,"——一个隐士,一个贼——"会侵犯我家人的信仰体系,会让他们无地自容。我不能告诉他们。"他选择让家人无止境地猜测、心痛,一个叫人五味杂陈的选择。

他决定只有等他出狱后,才去见母亲,那样他们可以"面对面恰当地交谈"。但是在监狱里被关了六个月后,他不知道这一刻什么时候到来。他的皮肤因荨麻疹而破裂,双手有时会颤抖。只要能弄清还要在监狱待多久,也许就能减轻他的压力,但他理解这种程序上的延宕。"我不符合任何门类,"他说,"显然,现如今他们没有抓到过很多隐士。"因此,他再次回到自己的内心世界,紧紧抓住那根理智之绳,等待获悉自己的命运。

25

　　监狱的一扇侧门被打开了，出现了三名警官，全副武装，身穿防弹背心，随行的还有一位犯人，双手被铐在胸前，胡子浓密得像西班牙水草。一名警官在奈特前面走，另外两名警官抓着他的胳膊肘，带领他穿过两侧立有大理石柱的法院街，走向肯纳贝克县监狱。红色和黄色的叶子在秋天的微风中四处散落，电视台的摄像机对着奈特的脸拍摄，但他试图保持无动于衷，他的目光对着前方某个看不见的地方。

　　楼上的审判室清一色地由深色木头装潢而成，地上铺着栗色地毯，角落里有一个巨大的石砖壁炉，四面墙上展示着已故法官的油画肖像，他们个个都目光严峻，从镀金的像框里盯着你看，使得这个房间显得阴森森的。一八六五年亚伯拉罕·林肯被刺杀后，纪念林肯的追思会曾在此举行。

后面的木头长凳上坐满了叽叽喳喳的观众，新闻报道和电视媒体区域也座无虚席，大家都在等奈特到来。随堂还有一箱箱的文件。麦基，即奈特的律师，穿着深色西服；地方检察官马洛尼，穿着火红色的上衣。奈特的哥哥乔尔（一模一样的薄嘴唇和尖鼻子）和他的儿女坐在一起，两个孩子看上去都是二十几岁。儿子的腿在不停地上下抖动，我偷听到乔尔说："紧张很正常。"

奈特被带了进来，站在辩护桌后，手铐被去除了。大厅静了下来。一位法庭官员说"全体起立"，法官南西·米尔像变戏法似的，从走廊悬挂的红色帘幕后面现身。她弄平整身上的黑长袍，然后坐了下来，将一副阅读眼镜架到鼻梁上，开始庭审。算上那些没有被计算的月圆月缺、季节更替，或是下巴底下长出的胡子，今天是二〇一三年十月二十八日，星期一，距离奈特被捕已经快有七个月了。

解决方案已经被找到。奈特要对十三起入室盗窃及偷窃案进行认罪——绝大多数的洗劫行为将不被起诉，因为追诉的期限为六年，此外，很多起案件根本没人报过案，他将会被允许进入双向失调和老兵法庭，不用去坐牢。

这个项目是用心理咨询和法律监控来替代监禁，适用于受双向失调影响——滥用药物和患有精神疾病而面临犯罪指控的罪犯。在奈特的案子里，他所受的困扰是酗酒和阿斯伯格综合症、抑郁，或类精神分裂型人格障碍中的任何一种。这些标签也许不是非常精确，但即便是地方检察官也同意，被判长期监禁对奈特来说是残酷的，允许他加入这个项目是合法解决这个官司的一条途径。

奈特起立，两只手紧紧地握在背后，马洛尼开始朗读对他的指控。要不是诉讼程序所具有的庄严性，它们也许听上去极具幽默感。

"二〇〇八年，大约七月十四日，"马洛尼拉长了声音说道，"艾德蒙·阿什利先生报告他在缅因州罗马镇度假屋的财物遭窃。被偷的物品是电池、食物和苏打水，大概价值十八美元。"

法官米尔问奈特是否认罪。

"有罪。"他说，声音小得几乎听不见。

"一位度假屋居民的厨房窗户被强行打开，"马洛尼继续说道，"食品、一条三十八码的男士牛仔裤，外加一条皮带被盗，大约价值四十美元。"

“有罪。”

这样的问答，又进行了十一次。“你认罪是因为你确实有罪，而不是出于其他原因么？”问答结束后，米尔法官问道。

“是的。”

“你明白我们在做什么吗？”

“是的。”

“我很满意，奈特先生的认罪是自愿的。”米尔说。接着她重述了对他判决所附加的条件。奈特将在监狱里服刑七个月，他还需在监狱里待一个星期；被释放后，必须立刻寻求心理咨询。他需要每天给专案经理打电话。每个星期一早上十一点，他需要去法庭报到。这些法规至少在一年内有效，如果他违反其中任何一条，将被要求在州立监狱服刑七年。

同时他总计被罚款两千美元，分别赔偿给那些受害者。他将和母亲一起住在家里，此外，他必须找一份工作，或去上学，他还必须履行社区义务。他不可以联络任何一位受害者，也不可以离开缅因州；他被禁止喝酒或拥有酒精饮品，他将被随机抽查是否吸毒或喝酒。

“当然，”米尔又说道，“你不能再次卷入任何形式的犯罪。你明白吗，奈特先生？”

"是的。"

"你还有问题要问，或有其他想说的事吗，奈特先生？"

"没有。"他说，然后听证会就结束了。

几个小时以后，我最后一次在监狱探视奈特。在两个月期间，这是第九次探访，第四次前来缅因州。监狱里有电话，但他坚决不愿意使用电话，尽管每次探视时，我们也是通过听筒来进行交谈的。三十年来，他没有打过一次电话，即便在去林子前，他也不喜欢电话。

"这里的人热切地对我说，'奈特先生，现在我们有手机了，你会很喜欢的。'他们这样诱惑我重新加入社会。'你会非常喜欢它的，'他们说。我没有兴趣。那么，手机短信呢？那不就是拿手机当发报机来用么？我们这是在倒退。"当他听说眼下歌曲是如何被下载和分享时，同样无动于衷。"你用电脑——上千美元的机器——听广播？社会真是转了个奇怪的圈。"他说。他会继续听黑胶唱片。

随着被释放日期的临近，奈特变得比之前更加不安了。他狂躁地抓挠膝盖。他意识到监狱也许并非一无是处。这里有固定作息和规矩。能够让他进入一种生存模式，就冷酷而言，比起冬天他在林子里所臻于完美的那种精神状态并没太大区别。"这里，我被一群不太合意的人所包围，"他说，"但至少没有被扔进社会这条大河里，被要求游泳。"

现在，他将被抛向公众生活，他害怕了。令他担忧的不是像找工作或重新学习驾驶这样的大事，而是那些小事，比如眼神接触、手势或情绪，所有这些都可能会被误解。"情感方面，我特别地脸皮薄。我需要心理治疗。我知道这一点。"

他觉得，对他来说风险很大——他担心会犯下送自己入狱的错误。惩罚像是一座断头台那样笼罩着他。"我没有准备好重新加入社会。我不了解你的世界。我只了解我的世界，以及去林子前的那个世界。今天的生活是怎样的？什么是正确的？我的技能有很多的盲点。我必须弄明白如何生活。"

他将自己所面临的一切称为（实际和比喻意义上的）"双重冬天"。他在冬季临近结束时被捕，被释放时，下一个冬季又将来临。"这是没有夏天的一年。就像喀拉喀托火山爆发时那样。"

家人邀他住在阿尔比恩村自家六十公顷宅地上的房屋，回到他童年时代的卧室。"他们不认可我所做的事，但仍视我为家里的一分子，对此我很感激。"他将搬进去和母亲及妹妹一起住，他的大哥丹尼尔就住在附近。他曾在报纸的一则报道上看到过这所房子，立刻注意到房子被重新油漆过了，颜色跟以往略微有些不同。

在监狱里，他对这个自己即将步入社会有所了解，但毫无兴趣，并且确信自己不会适应。一切都在以光的速度变化，没有停歇。"太喧嚣，太五彩斑斓；缺乏美感，生硬、肤浅、琐碎。对抱负和追求选择不当。"

他承认自己真的没有立场来进行论断。他说，一旦被释放，他连干坏事的念头都要避免；他要谨守法律，洁身自好。"我不想让人们质疑我的判断力有问题。"

至于工作前景，他知道，很暗淡。"钱？我得重新找回品尝钱的滋味。我打算找份工作。但我的简历相当薄。"他对就业的期待值不高，不高而且迟缓。洗盘子，或整理货架。

其实，在监狱里时，他被提供过一份实习工作。当地一位有机农场的主人联系地区检察官办公室，说她想为奈特介绍她种庄稼的方式。农场是由马和牛来耕种，在公路旁有个货摊，售卖自制的馅饼、果酱和自然晒制的西红柿酱。冬天，孩子们可以来此地乘坐雪橇。这位农场主讲述了这个农场是如何治愈他们一家的，认为对奈特也同样会有用。监狱允许她亲自向奈特提供这个工作机会。

奈特说，在会见的过程中，他竭尽全力保持礼貌与合作。"我讲了耕作。我了解如何耕作。谈到了嬉皮式体验的来龙去脉，'重返土地运动'，以及崇尚自然。我想她误会我了，以为我想在田里工作。"

根据奈特说，那个农场周边的邻居听说他要来，感到很紧张，于是农场主撤回了那个提议。奈特很高兴，那个收割庄稼的主意自行瓦解了。"这么多年来，我一直生活在暗无天日的林子里，再让我弓着身子在野地里劳作，没可能了。"

我告诉奈特我可以帮他寻找就业机会，比如像保安或图书管理员那样比较安静的工作，他使劲地摇头说不。"请不要管我。"他说。不帮他，就是我能做的最好的事情。帮助就是一种关系。接下来，你知道我会要求成为他的朋友，他不想和我交朋友。"我一点也不会想念你的。"他又说道。

对于辨别季节变化及风的气味，他是个行家里手，但他不能真正地理解他人。我告诉过他一些有关自己家庭和业余生活的事情，但他不知道如何处理这些信息，要问什么问题。他对人的了解都是属于外围层次的，是通过储藏室里的食物以及墙面上的装饰来进行了解的。唯一真实的关系存在于他和林子之间。

奈特把自己看作一个普通的罪犯，以及尼采哲学里的超人；他不服从任何人的法令，擅长自律，能够超越无趣的生活。他将自己的故事告诉我，并且不求任何回报，但他承认不知道我会以何种方式来描述他。"让别人来使用我的身份，我感到忧虑，"他说，"我不是对你有特别的信任，也不是不信任你。我对人进行估量。你有些世俗的东西。你有作恶或为善的能力，就做你认为对的事吧。"

实际上他只对我有一点好奇：我的书架上有哪些书？他请我拍一个视频并寄给他。他说，会设法让这个技术发挥作用。制作一个视频，他说，不要再寄书或写信来了，当然不要去他家造访。"一旦我从这里出去，你就会从我的见客面单上消失。我不能总是纵容自己见你；我拒绝让你成为我的重要客人。你接到我的舞伴卡编号了么，或者我得更新一下那些编号？你读过《小妇人》没有？"

对于我的咄咄逼人，以及来到这里和他交谈多次，他尤为反感。"你喜欢胡思乱想，没什么可以阻挡你。"他说后悔写信给我。但接着又改口了，说担心自己太不友好了。他的确从这些探视里获得了一些好处，"释放了些压力。"但他越来越厌倦谈论自己了。

通常，他希望我做的是，放慢速度，就让时间流逝过去。"不要成为令人讨厌的人，"他说，"紫丁香开花的时候，我会和你交谈，但也许即便到那时也不可以。"我问他紫丁香开花是否指明年，他说："是的，在春天。我还是不使用年份。"

奈特不能冒坐七年牢的险，因此，他希望能融入这个世界。一名看守过来带他走，我感谢他和我交谈，用他那充满诗意的语言，告诉我他的想法。我告诉他我喜欢他思考问题的方式。"再见，克里斯，"我说，"祝你好运。"

轮到奈特最后说点什么了。他没有。没有挥手作别，没有点头示意。他站起身，转过身去，背对我，走出了探视间，朝监狱的走廊走去。

26

克里斯的大哥丹尼尔为他提供了一份工作。丹尼尔经营一家废金属回收公司，他开始将旧汽车和旧的拖拉机发动机拖来给克里斯，克里斯在自己家的小棚屋里将它们拆卸。他没有工资，用工作来换取食宿。但他独自工作，在履行就业职责的同时，无需和别人打交道。

每个周一，一位家庭成员会载他去奥古斯塔市法院面谈。他从没有错过一次，也从不迟到。他不折不扣地遵循那些惩罚条例。"他表现得非常棒，"梅根·马洛尼说，"他很努力地理解如何重新成为这个社会的一员。他一次挫折也没有受过。我经常在周一看见他，并向他问好。我们总是交谈几句。他看上去很满意。"他在没人陪同的情况下，登记参与投票。

菲儿·道，阿尔比恩历史协会主席，认识奈特一家有五十年了。乔伊斯·奈特有天给他打电话，问有什么工作可以让奈特帮忙做，以履行参与社区服务的承诺。"我告诉她，很愿意让他来帮忙。"道说。

奈特义务帮忙刷墙。"他话不多，"道说，"但是我确实也没给他机会说，因为我自己话太多。但他看上去很开心。"

奈特还在监狱时，一个叫爱丽丝·麦克唐纳的女人给他写了封信，她曾和他一起上高中。她比他大几岁，她写道，但对奈特有印象，并且希望和他一起研读《圣经》。奈特不想上《圣经》课，但麦克唐纳身上的某些东西让奈特产生了兴趣。她无意窥探他的经历，似乎也没有不良动机。在他去林子以前她就认识他了。这是位女性。他们在监狱见过几次面，是除我之外的另一个定期探访者，而且奈特和她还在继续会面。

"这么看来，你有女朋友了。"在监狱最后一次会面时，我曾小心翼翼地打趣他。

"不，我没在谈恋爱，如果你脑袋瓜里有那个讨厌的小念头。"奈特回答道，他被我的小心试探给惹恼了。和麦克唐纳的会面，同样是非接触性的，他们中间隔着玻璃窗。他的确说过更喜欢和女人交谈。"她是个心地善良的女士。给了我安慰。一天，她动了感情，说：'但愿我可以拥抱你。'我发现自己对她想拥抱我的想法感到非常陌生。"

奈特的双重冬天开始了，而我履行了他分派的任务，拍摄了家里所有的书，一段十六分钟长的线下视频。我把这张光盘寄给他，但没有收到半点回音。我甚至不知道这张光碟是否寄到了。每次我在森林里徒步，或做其他事情时，总是想知道他现在过得怎样。"政府可以让他走各种流程，"特里·休斯说，"他也许做得不错，但接下来的某个星期一或星期二的早上，他可能再次走出家门，回到森林。"我一直期待着听到他失踪的传闻，但这个消息总也没来。

我打电话给丹尼尔奈特询问有关克里斯的情况。丹尼尔接的电话，我做了自我介绍，然后他说"不，谢谢"，就挂断了。他哥哥乔纳森，住在阿拉斯加的费尔班克斯，一句话也没说，就挂断了我的电话。蒂莫西从来不接电话。

乔尔·奈特在缅因州的海滨旅游小镇贝尔法斯特经营一家汽车修理店。我又启程去了缅因州，没有联系克里斯，直接开车去了乔尔的店，并走了进去。这个汽车修理店有四个车位，里面一片忙乱，但乔尔很容易辨认，穿着黑色T恤，在一辆多用途越野车的后部钻进钻出，手拿一把钻头，接着又拿了把扳手，在车内的狭小空间里自如移动。奈特家的人似乎都天生灵活。

"对付我那辆'普锐斯'他是个行家里手。"说话的是左岸书店的合伙经营人，左岸书店是镇上的独立书店。这位合伙人说，当然，镇上的每个人都知道乔尔的兄弟。"但是我可能永远不会问起克里斯的事，"她又说道，"我跟乔尔没有那么熟。"但是，她的确告诉了我镇上的传言，很可能不实，克里斯的母亲很多年来一直为他庆祝生日，甚至还有生日蛋糕。

我穿过车库，向乔尔做了自我介绍，他脸上的神情——不是刻薄，但很坚定——意味着我们不会聊很多。他的两只手很脏，因此我们也没有握手。乔尔确认了家里没有人知道克里斯在哪里，没人曾经帮助过克里斯。据他所知，没人帮助过克里斯，也没人见过他，认为他说谎的人都搞错了。他的语气明显透出他也不理解克里斯的行为。

"什么时候开始，你认为克里斯已经死了？"

"私人问题，无可奉告。"

"他回家后，情况怎样？"

"无可奉告。"乔尔转回车内，谈话结束。

我也顺路拜访了克里斯的女朋友爱丽丝·麦克唐纳的家。她打开前门，然后说道："我不能和你说话。"就把门关上了。

　　我打电话给他母亲，告诉她想和她聊聊克里斯，她说"我理解"，然后挂了我的电话。历史协会的菲儿·道说，乔伊斯·奈特告诉过他，奈特回来她很高兴。她告诉他，他的胃口恢复了，狼吞虎咽地吃各类食品。"她特别爱看他吃饭。"道说。

　　有件事确实激起了回应。我给克里斯寄了张节日贺卡，连同一张有我三个孩子的照片。两个星期后，我收到了一张在白色索引卡上用黑墨水写的便条，字迹是我熟悉的歪斜印刷体。"如此美好和幸福，不可能不心满意足。"他是在说那张节日贺卡。他讨人喜欢地称我那些孩子为"牛仔"。"不错，"他又写道，"算是至日问候？还是表示感谢？无所谓。"和往常一样，没有署名，但收到他的来信让我感到温暖。看来，出狱后的他变得柔软一些了。

　　我收到的那张便条，总共三十四个字。我们在监狱作别后，又过了七个月，我再次回到缅因州。从机场开车出来，我中途在福克斯·希尔紫丁香苗圃停下车，购买了一大枝紫丁香。这是我的橄榄枝。然后，我驶向费尔菲尔德的希尔曼面包房，买了一个苹果馅饼，作为给他母亲的一件礼物。

沿途经过木材加工厂、古董店、提供床位和早餐的简易旅馆，以及地面游泳池。在公路边上，有几只野火鸡在大摇大摆地沿着公路行走。在车道尽头，一些农户自产的鸡蛋被放在折叠桌上供出售，但旁边没人看守，只有一个放钱的盒子。缅因州中部仍然遵循荣誉制度。

驶过阿尔比恩主街只要四十秒钟，邮局、图书馆、加油站、教堂、杂货店。在这家店的公告栏上，有各类手写广告牌、柴油机维修、瑜伽课、铲雪服务和狩猎向导。没有交通灯。村子两头靠近公路的地方聚集着很多白色和棕色的木制房屋。接着又是乡村地带了：一个乳牛场、一个宰鹿场、一个袖珍型的墓地，里面竖着几块墓碑，几乎有两百年的历史了。

奈特家的房子大部分掩藏在篱笆和树墙之后。从马路上看过去，只能看见二楼湖蓝色的百叶窗，像两个长方形的眼睛从一片绿荫中向外望去。一个黑色的邮箱上写着"乔伊斯·W. 奈特"，旁边是两个报箱，一个放《波特兰新闻先驱报》，一个放《哨兵晨报》。一棵巨大的红枫树占据了前院。

我将租来的车驶入短短的泥车道，来到了一个小车库跟前，车库和房子没有连在一起，顶部有个风向标和一个金属牌子，上面写着"谢尔登·C. 奈特"。院子里静悄悄的。不见有其他车辆。似乎没人在家。我在车里坐了一会儿，不知道该做什么。这房子的什么东西让我感到紧张，虽然无论从哪方面看它都很不起眼，只是个四四方方的木头房屋，被漆成了淡黄色，屋顶有几块沥青砖需要更换了。我走出汽车，手里拿着紫丁香和苹果馅饼，大步向前门走去，没走几步，克里斯·奈特从树丛里悄无声息地走出来。

27

　　他剃过胡子了，乱糟糟的胡子换成了光滑的下巴；穿一件棕褐色法兰绒条纹衬衣，衬衣的下摆被塞在一条褪了色的蓝色牛仔裤里，头上戴一顶没有标记的棕色棒球帽。他仍然戴着监狱给他的那副银丝边框架眼镜，脚上穿着旧的工作皮靴。

　　我递给他那枝紫丁香，枝干被花压弯了腰；奈特神情怪异地看着它，好像是你将一杯水递给一条鱼。现在我注意到了，奈特家的宅地上到处都开满了粉色、紫色和白色的紫丁香。我放下那枝花，像个服务生那样，举起了另一只手，手掌托着那个馅饼盒子。"我买了些东西给你母亲。"我说。

奈特的眼睛滑向那个盒子。"不。"他坚定地说。我走回到汽车，打开驾驶室的门，把紫丁香和馅饼放好，然后关上车门。

我们站在那里，很不自然地遥遥相对。"我能跟你握手么？"我问。我们从来没有这个机会；总是有一堵墙将我们隔开。

"还是不要为好。"奈特回答道，于是我们就没有握手。

奈特扭了下头，示意我跟他走。

我们走到那个带风向标的车库后面，那边看不到公路，站在一棵紫丁香树下，花香随风而来，头顶能碰到树枝。下了一星期的雨，青草的颜色格外绿。苹果树正开着白色的花，预示着快要结果子了。不远处就是那个年深日久的木头棚子，已经露出垮败的模样，奈特就是在那里做废物回收工作。

空气中有一群群的蠓虫，像飞舞的胡椒屑，我不断地赶它们走，但既不抓取也不拍打。在奈特身边，即便在监狱探视期间，我也总是试图控制我的手势，以保持他的平静。他的行动总是这么利索和小心。奈特似乎完全不受昆虫的干扰。

他的生活圈里每一个我交谈过的人，无一例外，都声称他的适应能力相当好。他看上去很健康，气色也不错。他仍然很瘦，皮带尾部垂了下来，但不像从前那样消瘦。没了胡子，让他看上去年轻了些。他去看过牙医了；我看见他的一颗牙齿被拔掉了，其余的牙都干净而有光泽。他开口讲的第一件事却是，他向公众所展示的积极面貌是假的，是另一副面具。事实上，他很受伤。

"我过得并不是很好。"他承认，像以往一样，目光注视着我的肩膀上方。没人理解他，他告诉我。人们时常对他说的话感到生气。"他们将我曲解成了自大狂。我感觉自己又一次回到了中学时代。"为了能完全自主，他曾牺牲了这个世上所有其他事物，现在年近五十，却无法为自己做一些简单的决定。

奈特说，法官、顾问以及他的心理治疗师，跟他说话的方式好像他是个孩子。他承认，每次他的内心感到挣扎的时候，他们就塞给他一堆陈词滥调。奈特飞快地说出："噢，会好起来的。看看好的那一面。明天太阳就会出来了。"他听腻了这些话，于是就保持沉默了。他谁也不怪。"每个人都在尽力。"他说，某种程度上，那是可以被诠释为自大——但是按照他们说的做，只让他感觉更糟糕。监狱，某种意义上来说更合心意。现在，他是不用坐牢了，却并不自由。

　　他把手伸进牛仔裤前面的裤兜里，拽出一块表带已破的手表。他说，家里人不愿意他和我交谈。如果知道我在这里，他们会不高兴的。我来访的时机很好，但我们没有太多时间交谈。他母亲很快会回家来。然后，他哥哥会开车将他送到奥古斯塔市做药物检测。他摇摇头，他这辈子从来没有用过违禁药品，甚至连一口大麻都没吸过，但这就是今天下午他必须得做的事。

　　"我是块方木。"他说。他感到，每个他遇见的人，都在狠狠地砸他，敲打他，试图把他塞进一个圆孔。社会似乎并不比他从前在的时候更欢迎他。他担心，自己也许会被迫服用精神药物，等到哪天他确切知道如何应对一切时，脑子怕是已被药物弄坏了。

　　他所需要做的就是回到营地。但是，显然，他不能够。他必须参加这场盛大而蛊惑人心的惩罚表演。"我疯了吗？"他问。他说，有关我那些书籍的录像带，他收到了，但是最近，他甚至连阅读的兴趣也没有了。他又问："我疯了吗？"

　　奈特看着我，实际上是盯着我的眼睛看了一会儿，我能从中读到忧伤。在监狱时，他总让人觉得他的情感是关闭的。也许是因为探视室那些碍人的布置：玻璃隔墙、带静电的话机，以及缺乏私密性。现在他的脸上呈现出一种新的气象，不再冷冰冰，令人不快。他正向外部世界伸出双手；他似乎在寻求帮助。

也许，和一个真正的隐士建立友谊的最好方法是，让他独处一会儿。在监狱时，他是在演讲，在武断地发表意见。现在我们是在交谈。某种连接形成了。我们不是朋友，但也许我们是熟人。向我诉说别人如何不理解他，也许暗示着他觉得我的确有些懂他。

我实事求是地跟他说，我不相信他疯了。

接着，他似乎是要挑战我的结论，突然问了一个看似随意的问题。"如果我提到'森林女士'，你觉得我在谈论什么？我是说比喻意义。"

"大自然母亲。"我猜。

"不，"他说，"是死亡。"

奈特的问题不是随口说的。事实上，死亡，是他最想和我讨论的话题。他说，他以前看到过"森林女士"，在一个极其糟糕的冬天。他的食物耗尽，燃气用完，严寒久久不退。他睡在帐篷里，在自己的床上，饥寒交迫，濒临死亡。"森林女士"出现了。她穿着一件带帽的毛衣，一位女性死神。她挑起了一根眉毛，并放下帽兜。问他要跟着走，还是留在这里。他说，他知道从理智层面讲，它只是某种狂热绝望的幻觉，但他现在仍然不能百分之百确定。

他告诉我，他有个计划。他在等待第一个大冷天的到来，也许会在十一月份，大概在六个月之后，他会只穿很少的衣服，出发去森林。他会走进森林，能走多远就走多远。然后，坐下来，把自己交给大自然处理。他会把自己冻死。"我会随'森林女士'而去。"他说。他一直在想这件事。他意识到自己被困在一个难以忍受的陷阱里了：如果回到营地寻求自由，他会被关起来。他渴望"触摸、拥抱、接受安慰"。他做了些研究，觉得低体温症是一种无痛死法。"这是唯一能让我自由的事情。"

他直直地站在那里，双手放在牛仔裤兜里。"必须交出些东西，"他说，"否则什么东西就得破碎。"这就是那根击垮他的线。他可以发出声音了，但他的斯多葛主义崩溃了，被掩藏在底下的人性喷薄而出，我瞥了他一眼，看见泪水从他脸颊上滑落下来。

我也情不自禁地哭了。在一个明媚的春日，两个大男人站在一棵紫丁香树下。奈特，终究是有能力和另一个人沟通的，用最开放和无助的方式来沟通。就在那时，我前所未有地深刻理解到奈特为何离开。他离开，是因为这个世界不是为了容纳像他这样的人构建的。他年轻时，从未感到开心，无论是上中学、走上工作岗位，还是与他人在一起。他总是感到很紧张。根本没有他的容身之地，为了不再受苦，他逃跑了。与其说是抗议，不如说是追寻；他像是一个来自人类的难民，而森林为他提供了庇护。

"我这么做，是因为其他选择——我不满意，"奈特说，"我曾经找到过一个令我满意的地方。"

我认为我们大多数人感觉自己的生活里缺失了什么，我不知道奈特的旅程是否想要找寻它，但生活不是无止境地找寻缺失之物，而是学会忍受缺失的那一部分。奈特远离这个世界太久了，我感到他回不了头了。他有聪明的头脑，但他所有的想法只是将他独自困在了那个林子里。

"是啊，这个聪明人，"奈特说，"这个聪明人去寻求满意，他这样做了。这个聪明人希望他没那么蠢，为了寻求满意，干了不法之事。"

几乎每次去探监，奈特总是要责骂我一阵，骂我为了和他交谈，丢下妻子和牛仔们，疏忽了做父亲的职责。我曾经觉得很好玩——因为他自己已经将所有职责都逃避掉了——但最终，他是对的。我明白了奈特身上所发生一切时，只感受到了想要回家的冲动。

对奈特来说，他知道营地是他在这个星球上唯一的归属地。在那里生存，有时候要面临极其严峻的挑战，但他支撑过来了。因此，他在那里能待多久就待多久。

他不想坐在窝棚里拆卸发动机。他已经懂得的东西远比这些要高深，那是一种难以忍受的缺失感。我理解这一切，但我无力做出改变或解除他的痛苦。我们站在那里，泪流成河。他要回到林子里去，那真正的家，即便只是去寻死。"我想念那片林子。"他说。

奈特又一次掏出那只手表。他说，他也许不会再见我了。实际上这次交谈也是冒了风险的，违背了家人的意愿。再不会有下一次交谈了。等他走了以后，他说，我可以想怎样讲述就怎样讲述他的故事。"你是我的鲍斯威尔。"他声称。他不会在意我如何描述他了。"我会和'森林女士'在一起，我会开心的，"他告诉我，"你愿意的话，可以把我的形象放到 T 恤上，然后让你的孩子们在街角售卖。"

我被这个想法弄得破涕为笑。这世界是个让人困惑的地方，既有意义，又无意义。"见到你很好。"他说。他送我到车库附近，然后止住了脚步。他妈妈随时会来。"走，"他小声说，"快走。"我照做了。

28

车开出一公里，我停了下来。他刚刚告诉我他准备自杀，并且有个详细的计划。现在我该怎么办：保守秘密？通知警察、他家人，还是社工？我有法律责任吗？还是有道德义务？我慌里慌张地开车回到旅馆，然后给好几位心理治疗师打了电话。

法律上很清楚：一个男人扬言要在六个月后自杀，这个威胁并不紧迫，这和奈特是否过得像棵树没关系，他的六个月和我们的六个月不一样——我可以带他去警局或医院，但他们不会强行扣留他。

道德上，事情更令人郁闷。对我来说，毫无疑问，奈特的威胁不是说着玩的。在芝加哥附近一家私人诊所行医的临床心理医生凯瑟琳·拜诺伊什特同意道："他符合若干标准，可以把他划入意图自杀的高危人群。"他需要自主，拜诺伊什特又说道，仅仅放大了这种可能性，因为自杀可以视为独立性的终极表述。来自克利夫兰医学中心的托马斯·弗雷泽支持这个看法："他面临非常、非常高的自杀风险。"彼得·德里，纽约的临床心理医生说："我会为他担心的。"

我担心了整整一个晚上，次日早上，我决定重返他家，亲自告诉他我很矛盾。我们得好好地交谈一次，我寻思着，得像真正的朋友那样来处理这事。我开车驶向通往阿尔比恩的乡间道路，在到达他家之前，我来到他哥哥家附近，那里车库的门是开着的，有个男人在里面修发动机：高个子，戴眼镜，身穿牛仔裤，头戴棒球帽。是克里斯。我停下车。车库里的男人抬起了头。

不是他。是丹尼尔。我们看见彼此了。我的车就停在路边，距离近得足以进行交谈，我感觉别无选择，唯有出来打招呼。正拉车门时，我注意到，街的那一头，有个男人正疯狂地冲我挥手。这一次是克里斯。我尴尬地从丹尼尔身边把车开走，一句话也没有说，然后将车停在那个带风向标的车库前。

克里斯走近我的车，做动作示意我放下车窗。我没有。我打开车门走了出来。他极其不安，他目睹了我和丹尼尔的短暂相遇，说我已经"捅了大娄子"。我看见奈特的脸又关闭了。前一天，他是如此愿意透露心声，现在他猛地把心门关上了。我说，我对昨天他跟我说的"森林女士"一事感到担心。"我只是在探索一个想法。"他生气地说。他在收回他的威胁，很明显，就是要赶我走。

"回到蒙大拿去，"奈特说，"牛仔们需要父亲。走吧，现在。"他走进自己的屋子，再没说一句话。两天内，我第二次闷闷不乐地开车回旅馆。

这一次我给房产中介打了电话。让一个中年男人住在孩提时代的房间，并不合适。一个屋顶塌陷的小度假屋，售价为一万六千五百美元。我不知道他是否会接受这样一个礼物，或者他的心理治疗师会认为这是个好主意。他还需要钱去支付维修费用和食物，但他身无分文。所有对他的捐赠，都用于支付赔偿了，他欠得更多了。

奈特曾特意请求我不要干涉他的生活，因此我否决了替他买个小屋的想法，坐飞机回家了。我给他写了封信："想到你也许会选择追随'森林女士'，我就无法忍受。"我没有将他可能自杀的风险告诉奈特的案件专员，或者他的生活圈里任何一个人，但是每过一个月左右，我就会再次给他写信，历经春夏两个季节，转眼进入秋天。始终没有任何回复。

十一月来临了，这正是他威胁要自杀的时间，我再也无法忍受了。我订了去缅因州的航班，提前十天我给他寄了张便条，告诉他我出发了。在纽约转机时，妻子打电话给我。说奈特的明信片寄到了。"十万火急，非常重要，你不要管我，"她在电话那头读给我听，"尊重我就别管我，拜托。如果你出现，我会报警的。别管我，拜托。"于是我没见他就飞回去了。

冬天降临，我试图了解奈特的近况。每个和我交谈的北塘居民都说，过去的两个夏天，没有了隐士，是他们记忆中最无忧无虑的日子。人们又开始像昔日那样不锁门就外出。"结束了，"一年两期刊的《北塘新闻》公告编辑朱迪·莫什-陶瓦鲁说，"过去了。这一带没人再想听到有关隐士的事，因为这就像是爱谁谁，管他呢。"地方检察官马洛尼写电子邮件告诉我，奈特坚持每周一准时来法院报到，他表现得很不错。因此，至少我知道他还活着。

冬天结束时，马洛尼宣布奈特完成了双重诊断和退伍军人法庭对他的要求，将于二〇一五年三月二十三日正式毕业。离他在松树营被捕已经过去近两年了。"他在这个法庭的表现无懈可击，"贾斯汀·米尔斯在最后的听证会上说，"没有一个失误。他按要求做到了所有一切。"奈特被处以缓刑三年，他不可以私藏酒精饮品或药物，需要继续接受心理咨询，但除此之外几乎再没有别的约束了。"奈特先生，"马洛尼说，"现在是我们社区的一员了。"

奈特坐在法庭被告席的椅子里，一如既往的瘦，胡子刮得干干净净，但他身上有了某种变化。虽然他没在毕业典礼上讲话，但行为似乎更恭顺了。他的外表有一种不常见的松弛。他穿着一件海军蓝色 V 领毛衣，底下是一件领尖带扣的白衬衣，像个幼儿园老师。

在他最初写给我的某封信里，他用韵文描述自己为"处处防人，目中无人，咄咄逼人，就是那样的人"。然后又补充了两句，以完成韵律，"但至少不顺从于人，至少现在还不是那样的人。"从我最初见到奈特，一直到他告诉我想要自杀那天，他都充满了挑战性。

现在，在法庭上，他似乎很恭顺。也许已经意识到，和一切对着干只能让生活变得更加困窘不堪。他已经见识了我们这个世界无穷无尽的胡说八道，决定像我们大多数人一样，唯有试着去容忍它。他似乎已经投降了。这是合乎理性的，同时也令人心碎。

在听证会后，我再次驱车去了北塘附近。我把车停在公路旁，费力地穿过满是积雪的林子，来到了他的营地。这是我第八次来这里；我曾在这里度过五个夜晚，每个季节都来过。现在我感到，这个地方就好像奈特一样，已经失去了某些重要的活力。

缅因州的环境保护部门最近派遣了一支六人小分队和一辆全地形车，清除了剩余的垃圾以及那些燃气罐，没几个小时就开辟出了一条道路来，比奈特在二十几年里留下的痕迹都多。

现在它仅仅是林子里的一个地方。再过一年或两年，也许就难以辨认有人曾在这里居住过。我坐在一块没有积雪的卵石上，试图抓住几缕从树枝间透射进来的阳光，然而还是冷得打哆嗦。我感觉这里有点孤寂。

现代生活已被建立起来，那样我们可以不惜任何代价避免孤独，但也许偶尔面对一下还是值得的。我们把孤独推得越远，就越是不能应对它，它就会变得越恐怖。一些哲学家认为，孤独是唯一真实的情感。在浩瀚无垠的宇宙空间里，我们孤独地生活在一块小石头上，甚至不知道外太空是否有最简单的生命形式存在，超乎一切想象地孤独。我们活在自己的思维里，永远无法真正知道另一个人的切身体验。即便我们有家人和朋友相伴周遭，但黄泉路上还是孤身一人。

"孤独是人类生存条件最深刻的因素，"墨西哥诗人、诺贝尔奖得主奥克塔维奥·帕斯写道。"最终，确切地说，在最深刻最重要的事情上，我们无可言喻地孤单。"奥地利诗人赖纳·马利亚·里尔克写道。

出人意料的是，我收到了奈特的最后一封信。这是针对我们关系的一首挽歌，五行字那么长。他指示我买些花给妻子，买些糖果给牛仔们，"作为你离家来缅因州那些日子的补偿。"然后他告诉我再不要回去了。"从今以后。"

当然，他没有署名，但头一次，他随附了一个用彩铅手绘的图案。是朵花，仅有一朵，一朵红色花瓣的雏菊，黄色花芯，带两片绿叶，在便条的底部绽放。这无疑是一个积极的符号。我视之为他多少已经适应了新生活。意味着即便他无法再按照自己想要的方式生活，也不会追随"森林女士"而去。我把它视作希望的符号。

但有时候，我禁不住想要知道，换一种情况会如何？假如休斯警官不是如此全力以赴，而奈特从没被抓住？奈特告诉过我，他计划永远待在那里。他愿意就死在营地里，死在他最为满意的地方。即便没有清扫人员，用不了多长时间，大自然就会将这块地方收回，蕨类横生，根茎蔓延，他的帐篷和尸体，最终连同那些燃气罐都会被土壤所吞噬。

我相信，这就是奈特所计划的结局。他本没有打算留下片言只字，不留一张照片，或一个想法。没人会知道他的存在。没有对他的任何记载。他仅仅是消失了，没有人会在这个喧嚣的世界上注意到他。他的结局甚至不会在北塘激起一丝涟漪。这本该是一种生存方式，一种尽善尽美的生活。

后　记

　　肯纳贝克县监狱允许犯人每周最多接受两次探监，每次持续时间为一小时。我在二○一三年八月的最后一周两次探视了奈特——这是在他给我写了五封信之后——九月份又去过两次，十月初又是两次。在十月底我出席了奈特的庭审，并探视了他三次。奈特显然是这本书素材的主要来源。

　　奈特见到我从来不表现得激动，但九次会面期间，整个探视时间内我们都通过老式话机一直在交谈。一个小时后，电话会自动切断，但在第二次探视时，奈特通过观察另一个犯人学到了一个监狱小花招。如果看守还没来探视室打开奈特这一侧的门，他就拨弄话机底座上的开关——我想象这个手法就是奈特的撬锁动作之———那样能够重新连上电话线，我们能再聊上几分钟。

尽管奈特拒人于千里之外，并不期待见到我，但他想尽可能地延长谈话。在他出狱后，在他家的那次仓促会面时，他把我称作他的"鲍斯威尔"，指十八世纪苏格兰作家詹姆斯·鲍斯威尔，因写《约翰逊传》闻名于世，是文学史上较为出名的传记之一。

《约翰逊传》是鸿篇巨制，大多数版本都超过一千页，我告诉奈特我的书可能要短得多。奈特听到这点似乎很失望。"我更喜欢大部头的书。"他告诉我。

两年里，为了采访和调查，我一共去了缅因州七次，最后一次是二〇一五年四月。我还在杂志上写过奈特的故事，被刊登在二〇一四年九月的那期《绅士》上。

《绅士》刊登的这篇报道由专业校对员赖利·布兰顿对事实作过核实，此外，布兰顿和另一位专业校对员马克斯·索恩一起，负责确认本书中所有的素材。在这篇报道里，我没有更改任何名字，也没有改动任何辨识性细节。任何一个受访人都没有增删内容的权利。

每次去缅因州，我都会花好几天时间在北塘和小北塘的泥土公路上行驶，挨家挨户地探访，像个上门推销的小贩。

我至少和四十户人家进行过交谈，他们要么是拥有一间度假屋，要么是长期居住在那里。大多数小屋的主人都是缅因州本地人，其余的大多来自波士顿地区，也有几个家庭住在更远的野外。无论那个家庭是讨厌还是喜欢奈特——有些家庭内部意见分歧严重——我都受到了热烈欢迎。在好几户人家，我被邀请共进晚餐，或者在门廊里喝啤酒，或者一起去划船。每个人似乎都有不同版本的奈特故事要讲述。

大卫和路易斯·普洛尔斯，他们的黑白小电视机被奈特偷走了，几十年里，家里至少被盗五十次，他们描述了这些罪案对他们造成的奇怪心理效应。最初他们确定是自己某个孩子干的好事，然后真的怀疑自己是否开始丧失理智了。彼得·科格斯韦尔，他那条三十八码的兰兹角牌牛仔裤及一条棕色皮带被偷，他妻子莉莉·科格斯韦尔，在得克萨斯刑事司法体系工作了三十年以上，她和我做了详细交谈，仔细描述了奈特那让人摸不清头脑的入室盗窃行为，并且推测什么样的惩罚可能适用于他。堂娜和 T. J. 博尔达克和我分享了运动摄像头拍摄的奈特的照片，以及那个"斯金尼女孩鸡尾酒"的玩笑。

加里·贺兰思是最初发起在自家门上悬挂口袋的人，为隐士提供物品的几人之一。他谈及所有被盗的书籍，以及他如何在门上拉了一根几乎隐形的钓鱼线；如果有人开门，它就会移位，那样他就能分辨出家中是否被盗。黛比·贝克描述了她年幼的孩子是如何害怕隐士的——是他们家戏称隐士为"山人"。尼尔·帕特森追述了他整整十四个晚上，手里握着枪，守在黑漆漆的小屋里，想要抓住隐士。

特里·休斯警官花了好几个小时告诉我他对抓捕隐士的痴迷，有个晚上，他用皮卡车带我去查看他的陷阱，然后带我来到他的俱乐部，并在我首次剥制麝鼠皮时，给予我指导。州警官戴安娜·万斯在奈特庭审之后和我见过面，并和我在电话里交谈过几次。地方检察官梅根·马洛尼及奈特的辩护律师瓦尔特·麦基，都曾同意接受我的采访。奈特的家人没有和我交谈过，但十几个阿尔比恩社区的居民和我做过交谈，其中包括一些奈特从前的老师和同学，以及几位奈特一家长期交好的朋友。

每次去缅因州，我都会去拜访奈特的营地。它总是很难被找到。毫不夸张地说，那片树林极其茂密，错综复杂，每次从深林进入营地，总是会引发我的惊叹。

为了更好地理解奈特的心态，我曾和几位心理医生和自闭症专家长时间地在电话里交谈，并发电子邮件给他们：剑桥大学的西蒙·贝伦-科汉；凯瑟琳·拜诺伊什特，她在芝加哥经营一家临床诊所；彼得·德里在纽约的私人诊所工作；斯蒂芬·埃德尔森来自加利福尼亚圣迭戈自闭症研究中心；托马斯·W.弗雷泽来自克利夫兰医学中心的自闭症研究中心；吉尔·胡利来自哈佛大学；凯瑟琳·洛德来自威尔·康奈尔医学院。斯蒂芬·M.普莱斯考特，俄克拉荷马州医学与研究基金会主席，和我交谈了传染病的性质，以及奈特为何从不生病。

为了更深入了解强制性隔离的痛苦，我和约翰·卡塔扎里特通了大量的信件，他在加利福尼亚监狱被单独监禁近十四年。此外，我也阅读了另外十几个单独监禁的犯人的相关报道。

关于隐士的文献有很多；我从《道德经》（我推荐赤松译的版本）开始阅读，发现了隐士文学的汪洋大海。安东尼·斯托尔的《孤独》、伊莎贝尔·科尔盖特的《荒野鹈鹕》、皮特·佛朗斯的《隐士》以及菲利普·科赫的《孤独》，都很好地探索了历史上的隐士以及他们的动机。

以下这些作者都亲身体验过宝贵的独处时光，并对此发表了各自的观点，莎拉·梅特兰的《沉默之书》、雅尼丽·鲁弗斯的《一个人的聚会》、苏·哈尔佩恩的《迁移至孤独》、梅·斯坦顿的《孤独之路》、霍华德·阿克塞尔罗德的《消失之点》、罗伯特·库尔的《孤独》、安妮·迪拉德的《听客溪畔的朝圣者》、让·多米尼克·鲍比的《潜水钟与蝴蝶》、丽贝卡·索尔尼的《野外迷路指南》、理查德·杰弗里斯的《我的心灵故事》、托马斯·默顿的《独自思考》，以及无与伦比的《瓦尔登湖》，由亨利·大卫·梭罗所著。

探险故事对孤独也有独到的见解，既恐怖又富有魅力，包括伯纳德·摩特歇的《漫漫长路》、尼古拉斯·托马林的《唐纳德·克鲁赫斯的最后一次探险航行》、皮特·尼克尔斯的《疯子的航行》、乔恩·科莱考尔的《走进荒野》和理查德·E.伯德的《独自一人》。

侧重于科学研究的书籍帮助我更好地理解孤独是如何对人产生影响的，如马修·D.利伯曼的《社交》、约翰·T.卡乔波和威廉·帕特里克的《孤独》、苏珊·凯恩的《安静》、史蒂夫·西尔贝曼的《神经部落》，以及奥利弗·萨克斯的《人类学家在火星》。

关于孤独，以下著作同样给了我启示：维姬·麦肯齐的《雪中洞穴》、圣·亚塔那修的《圣安东尼的生活》、赖纳·马利亚·里尔克的《给青年诗人的信》、拉尔夫·沃尔多·爱默生的散文（尤其是《自然》和《自力更生》）、弗雷德里克·尼采的《独自一人》、威廉·华兹华斯的诗篇，以及寒山、拾得和王梵志的诗歌。

阅读奈特最喜欢的两本书对我来说也至关重要：费奥多·陀思妥耶夫斯基的《地下室手记》和弗雷德里克·德里默的《非常之人》。本书的题词出自苏格拉底，见公元三世纪第欧根尼·拉尔修所著的《名哲言行录》（C.D. 央格的译本）。

"隐士"网站提供了成百上千有关隐士各个方面生活的文章，是一个无价的资源库——我花费了数星期的时间沉浸其中，虽然我没有资格进入只有隐士可参加的聊天群。

我的长期研究员珍妮·哈珀挖掘了历史上成百篇关于隐士和孤独者的报道。

还有亚马逊部落最后的幸存者的故事。在二〇〇七年，巴西政府为这位幸存者提供了一块三十平方英里的雨林，此前，曾几次试图和这个男人进行和谈都遭失败，他还将一支箭射中营救人员的胸部。除了这个男人，任何人不得进入这片雨林。他靠捕捉猎物为生。他已独自生活了大约二十年。现在克里斯·奈特已经回归社会，而这个男人——没人知道他的名字——连同他部落的名字及他所讲的语言也没人知道，也许是这个世界上最最孤独的人。

鸣 谢

感谢给予耐心、理解和爱：

Jill Barker Finkel   Phoebe Finkel

Beckett Finkel   Alix Finkel

感谢优雅而智慧的回应：

Christopher Knight

感谢修修补补：

Andrew Miller   Stuart Krichevsky

Michael Benoist   Jim Nelson

Geoffrey Gagnon   Paul Prince

Riley Blanton   Max Thorn

Robin Desser   Sonny Mehta

Paul Bogaards   Jeanne Harper

Rachel Elson   Adam Cohen

Diana Finkel   Ben Woodbeck

Paul Finkel   Mark Miller

Janet Markman   Shana Cohen

Mike Sottak   Ross Harris

Emma Dries   David Gore

Bonnie Thompson   Maria Massey

感谢深刻的见解：

Matt Hongoltz-Hetling   Terry Hughes   Diane Vance

Harvey Chesley   Andrew Vietze   Jennifer Smith-
Mayo

Simon Baron-Cohen   Catherine Benoist Peter Deri

Stephen M. Edelson   Thomas W. Frazier Jill Hooley

Roger Bellavance   Tony Bellavance   Stephen M.
Prescott

Tom Sturtevant   Neal Patterson   Martha Patterson

Pete Cogswell   Lillie Cogswell   Jodie Mosher-Towle

Gerard Spence   Catherine Lord   Carrol Bubar

David Proulx   Louise Proulx   John Cazell

Greg Hollands   Garry Hollands   Brenda Hollands

Debbie Baker   Donna Bolduc   T. J. Bolduc

Maeghan Maloney   Walter McKee   Robert Kull

Fred King   Larry Gaspar   Mary Hinkley

Michael Parker   Rick Watson   Wayne Jewell

Bruce Hillman   Kyle McDougle   Carol Sullivan

Lauren Brent   Kerry Vigue   Kevin Trask

Larry Stewart   Jeff Young   Phil Dow

John Catanzarite   Kevin Wilson   Ryan Reardon

Michael Seamans   Rachel Ohm   Bob Milliken

John Boivin   Amanda Dow   Monica Brand

Lena Friedrich   Meng-hu   Angela Minnick

Catherine Lovendahl   Jim Cormier   Debbie Wright

Theriault

最后致意友谊与鼓励：

Dada Morabia   Gabrielle Morabia   Bill Magill

Ian Taylor   Laurence Schofield   Barbara Strauss

Toni Sottak   Larry Smith   Piper Kerman

Jill Cowdry   Lawrence Weschler   Abby Ellin

HJ Schmidt   Martyn Scott   Joshua Willcocks

Randall Lane   Michel Pfister   Emmanuelle
Hartmann

Tim Hartmann   Max Reichel   Gary Parker

Tilly Parker   John Byorth   Alan Schwarz

Theresa Barker   Harris Barker   Brett Cline

Arron Bradshaw Cline   Brian Whitlock   Arthur
Goldfrank

Tara Goldfrank   Eddie Steinhauer   Pascale Hickman

Mohamed El-Bouarfaoui   Naima El-Bouarfaoui   Adi
Bukman

Jake Werner   Carma Miller   Jim Schipf

Annette Schipf   Michaela Struss   Ben Struss

Chris Anderson   Marion Durand   Kent Davis

David Hirshey   Ryan West   Patty West